Écoute ce que dit ton cœur

Barbara Cartland est une romancière anglaise dont la réputation n'est plus à faire.

Ses romans variés et passionnants mêlent avec bonheur aventures et amour.

Vous retrouverez tous les titres disponibles dans le catalogue que vous remettra gratuitement votre libraire.

Barbara Cartland

Écoute ce que dit ton cœur

Traduit de l'anglais
par Marie-Noëlle Tranchart

Titre original :

LISTEN TO LOVE

© Barbara Cartland Promotions
Pour la traduction française :
© Éditions J'ai lu, 2004

NOTE DE L'AUTEUR

Le mot *pianoforte* (littéralement, doux-fort), vient de l'italien. Il signifiait que l'on pouvait jouer de cet instrument «doux ou fort», à volonté. C'est-à-dire que l'on pouvait produire des gradations de volume grâce au toucher. Au milieu du XVIIIe siècle en Angleterre, on appelait cet instrument *fortepiano*. Le mot a vite fait place à *pianoforte*, comme partout en Europe. Puis, tout simplement, à notre *piano* actuel.

En 1777, Mozart a donné pour la première fois un récital sur un piano Stein. Les instruments viennois convenaient parfaitement à sa manière de jouer.

Après avoir été organiste à la cathédrale de Milan, Johan-Christian Bach, le fils du grand Jean-Sébastien, s'installa en Angleterre où il devint le professeur de musique attitré de la reine.

Il donna son premier concert en plein air en 1768. Ce fut grâce à lui que le piano devint très vite populaire en Angleterre.

Au début du XIXe siècle, les facteurs de piano perfectionnèrent de plus en plus ce merveilleux instrument, jusqu'à en faire ce qu'il est de nos jours.

Beethoven, dont l'œuvre pour clavier est immense, a été pour beaucoup dans ce développement. Suivi par tous les compositeurs romantiques: Schubert, Schumann, Chopin, Liszt...

Plus près de nous, Ravel et Debussy ont eux aussi composé de nombreuses pièces pour piano.

1817

1

— Anthea !

Cet appel parut se répercuter en mille échos dans la vieille demeure.

— Anthea ! Anthea !

La jeune fille, qui était en train de vérifier les piles de linge de maison dans les placards de la lingerie, se demanda ce que son frère pouvait bien lui vouloir.

Elle déposa sur la table à repasser un drap ajouré, brodé aux initiales de ses parents... et largement déchiré. Une nouvelle fois, Harry avait passé son pied à travers le lin usé ! Les dégâts étaient tels qu'il ne fallait pas espérer pouvoir le remettre en état.

La voix de Harry se fit de nouveau entendre :

— Anthea !

Cette fois, il y avait une note angoissée dans sa voix.

Soudain inquiète, elle courut jusqu'au palier. La taille bien prise dans sa tenue d'équitation, son frère se tenait en bas du vieil escalier en chêne sculpté. Il laissa échapper une exclamation de soulagement.

— Ah, te voilà enfin !

Elle releva légèrement ses jupons pour descendre les marches en hâte.

— Que se passe-t-il donc ? demanda-t-elle en arrivant dans le hall.

— C'est dramatique ! Figure-toi que Meldosio vient de se blesser. Il ne faut pas compter sur lui pour jouer ce soir.

— Seigneur ! Quelle catastrophe !

— Quelle catastrophe, tu peux le dire.

Harry semblait être sur le point de s'arracher les cheveux.

— Que faire ? Mon Dieu, que faire ? Comment veux-tu que je trouve quelqu'un d'autre en si peu de temps ?

Anthea examina son frère d'un air soucieux.

— Va t'asseoir un instant au salon. Je vais t'apporter quelque chose de frais à boire.

— Si tu crois que c'est le moment !

— Calme-toi, je t'en prie ! Tu sembles tellement agité !

— Cela t'étonne ? Qui ne le serait pas dans de telles circonstances, s'il te plaît ?

— Va t'asseoir, insista-t-elle. Je te rejoins tout de suite et nous essaierons de trouver une solution.

Elle alla chercher à la cave le jus de fruits qu'elle avait confectionné elle-même, estimant que ce serait plus sain que le bordeaux, devenu de toute manière trop coûteux pour leur budget.

Cinq minutes plus tard, elle rejoignait Harry avec un plateau d'argent sur lequel elle avait disposé une carafe et deux verres en cristal taillé.

Avec ses énormes poutres apparentes – comme il y en avait dans la plupart des autres pièces du rez-de-chaussée –, son tapis d'Aubusson, ses meubles d'époque Louis XVI et ses superbes tableaux, le salon avait énormément de charme.

Lorsqu'ils avaient dû quitter la demeure familiale, Anthea avait choisi elle-même tout ce qu'elle souhaitait emporter. Le reste avait été vendu un bon prix à l'actuel propriétaire du manoir de la Reine.

— Merci, murmura Harry en s'emparant de l'un des verres que venait de remplir la jeune fille.

Il se laissa littéralement tomber dans un fauteuil et but à longs traits.

— Tu vois, tu avais soif, ne put s'empêcher de remarquer sa sœur en s'asseyant en face de lui.

— Peuh! J'ai autre chose à penser qu'à mon estomac, je t'assure! Meldosio...

— Tu es sûr qu'il ne peut pas jouer ce soir?

— Et comment! En jardinant, cet imbécile s'est profondément entaillé la paume de la main droite avec une serpette. Entre nous, c'était bien le moment de jardiner! Bref, sa main est tellement enflée qu'elle a pratiquement doublé de volume. Le médecin a désinfecté la plaie, l'a bandée. Mais pas question de s'asseoir devant un piano dans ces conditions!

— Pauvre M. Meldosio! Il doit beaucoup souffrir.

— Et moi, donc! Tu crois que je ne souffre pas? Te rends-tu compte que je peux perdre mon emploi à cause de sa maladresse?

— Ce n'est quand même pas ta faute s'il s'est blessé! protesta Anthea. Le marquis le comprendra.

— Si tu crois qu'Eaglescliffe raisonne de cette manière! Il a demandé un pianiste. Et s'il n'en a pas, c'est sur moi que retombera toute la responsabilité.

— C'est très injuste.

— Peut-être, mais c'est ainsi. Quand il m'a engagé, il n'y est pas allé par quatre chemins. «Je suis extrêmement exigeant, m'a-t-il dit. Que les choses soient claires dès le départ. Si vous n'êtes pas capable de répondre à mes attentes en exécutant mes ordres à la lettre, je ne vous garderai pas et je chercherai quelqu'un de plus efficace. »

Ce n'était pas la première fois que Harry racontait à sa sœur dans quelles circonstances le marquis d'Eaglescliffe l'avait engagé.

— Quel homme dur et sans pitié, murmura la jeune fille.

Elle n'éprouvait aucune sympathie pour le nouveau propriétaire du manoir. Soit, elle ne l'avait encore jamais vu, mais tout ce qu'elle avait entendu raconter à son sujet renforçait ses convictions.

« Cet individu se prend pour le nombril du monde et croit que tout lui est dû », pensa-t-elle avec dégoût.

Harry avait eu la chance de se voir offrir le poste de régisseur d'un domaine qui avait autrefois été le sien. Il fallait absolument qu'il fasse tout pour garder son emploi. Car s'il le perdait, de quoi vivraient-ils ?

C'était seulement à la mort de leur père que Harry et Anthea avaient appris par le notaire qu'ils étaient non seulement ruinés, mais de plus couverts de dettes.

Quel choc pour eux qui étaient persuadés d'avoir de quoi vivre, sinon luxueusement, du moins confortablement. Certes, ils avaient bien remarqué que le défunt lord de Colnbrooke laissait son domaine à l'abandon. Mais ils pensaient que c'était parce que sa santé défaillante ne lui permettait plus de s'en occuper aussi bien qu'autrefois.

Pendant qu'Anthea restait interdite, Harry cherchait déjà des solutions.

— Que faire ? avait-il demandé à maître Burland. Avez-vous une idée ?

— Je ne vois qu'une solution.

Et sans s'encombrer de circonlocutions, le notaire avait alors asséné :

— Il faut que vous vendiez le domaine et la plus grande partie des terres.

— Et où vivrons-nous ?

Maître Burland, qui avait déjà dû réfléchir à la situation, avait alors suggéré :

— Pourquoi pas dans la maison des douairières ? Comme elle se trouve hors de l'enceinte du parc, vous pouvez en garder l'entière propriété.

— Mais elle est dans un triste état !

— Grâce au produit de la vente du manoir, après avoir désintéressé vos créanciers, vous pourrez vous permettre de la restaurer convenablement. C'est une très jolie maison ancienne. Vous disposerez aussi d'un grand jardin, d'une écurie... Que souhaiter de plus ?

— En effet, que souhaiter de plus ! avait rétorqué Harry avec amertume.

Maître Burland n'avait pas perdu de temps :

— Il ne reste plus qu'à annoncer que le manoir de la Reine est à vendre. Je peux, si vous le souhaitez, contacter mes confrères et...

Harry l'avait interrompu.

— Laissez-moi tout d'abord en parler à l'un de mes meilleurs amis, le commandant Charlie Torrington. Il connaît les gens qui comptent à Londres, il a ses entrées dans tous les salons, tous les clubs. Si quelqu'un peut trouver un acheteur sérieux, c'est bien lui.

Harry savait pouvoir compter sur Charlie. Et ce dernier ne déçut pas son attente. Moins de quinze jours après avoir reçu la lettre de son ami, il arrivait au manoir.

— J'ai tout arrangé ! Sais-tu qui va peut-être se rendre acquéreur de ton domaine ?

Après avoir marqué une pause pour bien ménager ses effets, il lança triomphalement :

— Le marquis Brian d'Eaglescliffe lui-même ! Je l'amènerai mercredi prochain visiter la maison.

Harry parut affolé. Les choses allaient trop vite !

— Mercredi ? Déjà ?

— Il faut battre le fer quand il est chaud. J'ai fait à Eaglescliffe une description enthousiaste du manoir. Il semble très intéressé. Et sais-tu combien il est prêt à payer ?

Le chiffre qu'il cita laissa Harry sans voix.

— Ce n'est pas possible ! Je crois rêver ! Tu imagines, Charlie ? Cette somme me permettrait non seulement de régler toutes les dettes laissées par mon père, mais aussi de remettre en état la maison des douairières.

En fronçant les sourcils, il ajouta :

— Mais pourquoi Eaglescliffe voudrait-il acheter le manoir de la Reine ? Il n'a pas assez de domaines ? Outre le château d'Eaglescliffe – l'un des plus beaux du pays –, il en possède un autre en Écosse, et, si je ne m'abuse, un troisième dans les Cornouailles. Sans compter sa propriété aux environs de Newmarket.

— Soit, mais il lui faut près de quatre heures pour se rendre à Eaglescliffe. Et je ne parle pas de l'Écosse ni des Cornouailles ! Il y a longtemps qu'il cherche une maison à la campagne proche de Londres. Or, avec un bon équipage, on peut aller en moins de trois quarts d'heure de Hyde Park, où se trouve son hôtel particulier, au manoir de la Reine.

— Ce n'est pas logique. Puisqu'il a déjà un hôtel particulier à Hyde Park, qu'a-t-il besoin d'un pied-à-terre situé à deux pas de la capitale ?

Charlie éclata de rire.
— Tu n'as pas encore compris ?
— Non.
— Harry, je te croyais l'esprit plus vif !
— J'avoue que...
— Voyons ! Il veut tout simplement un endroit discret pour y faire venir ses conquêtes. La dernière en date n'est autre que Lottie Vernon, l'une des plus jolies danseuses de Covent Garden. Tu penses bien qu'il ne peut pas l'amener au château d'Eaglescliffe ! Imagine un peu la réaction de sa mère s'il lui présentait une danseuse !

Harry se raidit.
— Il est hors de question que le berceau de famille des Colnbrooke devienne un lieu de rendez-vous pour des débauchés et des danseuses !
— Je t'en prie, ne monte pas sur tes grands chevaux !
— Ce que tu proposes...
— Tu ne peux pas te permettre de faire le difficile, coupa Harry. Jamais tu ne trouveras quelqu'un prêt à débourser une somme pareille pour un domaine en aussi triste état.
— Soit ! Mais...
— Es-tu seulement conscient du fait que grâce à Eaglescliffe, tu pourras payer les dettes de ton père, mais aussi payer les pensions de vos vieux domestiques qui vivent dans la misère ?

Cette fois, Harry demeura silencieux. Charlie en profita pour pousser son avantage :
— De plus, si tu gardes la maison des douairières, tu auras un toit sur ta tête. Et comme Eaglescliffe cherche un régisseur... pourquoi ne te proposerais-tu pas ?
— Quoi ?
— Il lui faut un homme de confiance capable de s'occuper de tout ici. Et le travail ne manquera pas.

Il va falloir restaurer le manoir, remettre le domaine en état... Qui pourrait mieux que toi se charger de tout cela ?

— Tu... tu veux que je devienne le régisseur de... de la propriété que m'a léguée mon père ?

Harry paraissait très choqué.

— Voyons, Charlie !

Ce dernier ne se laissa pas impressionner.

— Ne prends pas de grands airs, s'il te plaît. Entre nous, tu aurais tort de faire la fine bouche.

— Écoute...

Mais Charlie ne le laissait pas parler.

— Tu serais royalement payé, reprit-il. D'ailleurs, j'ai déjà dit à Eaglescliffe que j'avais l'homme qu'il lui fallait. Un homme intelligent, de confiance, d'une probité sans faille... etc.

Sidéré, Harry secoua la tête.

— Et peut-on savoir quelle a été sa réaction quand tu lui as appris que ce mouton à cinq pattes n'était autre que le propriétaire actuel du manoir de la Reine ?

— Tu penses bien que je me suis bien gardé de donner ton vrai nom ! s'exclama Charlie en riant. Mon cher Harry, apprends que tu t'appelles désormais Dalton.

— Dalton ?

— C'est toi, oui. Ne joue pas les idiots, s'il te plaît. Je me suis donné beaucoup de mal pour organiser tout cela. Et uniquement dans le but de te rendre service ! Tu pourrais au moins me remercier.

— Je te suis très reconnaissant, Charlie. Mais laisse-moi le temps de... de m'habituer à... à mon nouveau statut.

— Bah, on s'habitue à tout ! fit Charlie avec fatalisme.

Après un silence, il reprit :

— Ne prends pas cet air accablé. Sois réaliste! Il faut que tu vendes, non? J'ai réussi à convaincre Eaglescliffe que le manoir de la Reine correspond exactement à ce qu'il cherche. Une pareille occasion ne se représentera jamais!

— Cela, je veux bien le croire, murmura Harry, encore sous le choc.

— Il est préparé à dépenser une fortune pour remettre le manoir en état. Tu pourras le conseiller car tu sais mieux que quiconque ce qu'il y a à faire ici.

— C'est certain!

— Tout est à refaire.

— Je le sais.

— En premier lieu, les toitures. La dernière fois que j'ai séjourné chez toi, il faisait un froid de canard et il pleuvait des cordes. Jusque dans ma chambre! J'ai attrapé une bronchite terrible.

Harry se leva et alla à la fenêtre. Sans mot dire, il contempla le parc envahi par les ronces et les orties. Charlie observait son ami en secouant la tête d'un air désolé.

Il savait combien la perspective de devoir vendre une demeure qui appartenait aux siens depuis des siècles bouleversait le jeune homme. Mais il savait aussi qu'il n'y avait pas d'autre solution.

Le défunt lord de Colnbrooke, complètement ruiné par de mauvais placements, avait renoncé à entretenir le manoir depuis longtemps. Les toitures étaient percées, les plafonds s'effondraient, les parquets craquaient, et certaines fenêtres, gonflées d'humidité, ne s'ouvraient plus depuis belle lurette. Bref, cette demeure se trouvait dans un état lamentable.

Quelques mois auparavant, Harry avait mis son ami Charlie au courant de la situation:

— Les choses vont de mal en pis. Songe un peu! Je ne peux même plus payer les quelques domestiques qui sont restés avec nous.

— Dis-leur de chercher à se placer ailleurs.
— Ils sont trop âgés pour cela. Quant à ceux auxquels je devrais donner une pension et un logement décent, ils ont dû aller à l'hospice, ce qui me crève le cœur.

En haussant les épaules, il avait ajouté :
— C'est tout juste si nous avons de quoi manger, Anthea et moi. Heureusement que nous avons un potager ! Heureusement aussi que les fermiers nous donnent des œufs et, de temps en temps, une volaille.

En soupirant, Harry appuya son front à la vitre.
« En être réduits à vivre de la charité de nos fermiers ! C'est désolant ! »

La voix de son ami le ramena à l'instant présent :
— Harry, tu as un acquéreur. Il ne faut pas hésiter.
— Si Eaglescliffe achète le manoir de la Reine, quand voudra-t-il s'y installer ?
— Dès qu'il sera habitable, je suppose. Mais jamais il ne viendra y vivre. Il se contentera d'y passer un week-end de temps en temps.

Pensif, Harry murmura :
— Il va falloir entreprendre un énorme travail de restauration. Et tu dis qu'il est prêt à payer pour cela aussi ?
— Oh, oui ! Il est extrêmement riche. Et extrêmement exigeant, aussi !

Charlie rejoignit son ami près de la fenêtre et posa la main sur son épaule dans un geste amical.
— Il n'y a au monde qu'une personne connaissant suffisamment le manoir pour pouvoir en mener à bien la restauration. C'est toi.
— Tu me vois restaurant ma maison pour un autre ?
— Cela te fera peut-être mal...
— Et comment !

— Cependant, en même temps, tu devrais être heureux de voir, sous ta supervision, la demeure de tes ancêtres retrouver sa splendeur d'antan.

Comme Harry demeurait silencieux, il poursuivit :

— Il y a un an ou deux, tu m'as dit que ta sœur et toi ne pourriez plus continuer à vivre longtemps au manoir. Je me souviens de tes paroles : « Un de ces jours, le toit va s'effondrer sur nos têtes, m'as-tu dit textuellement. Je vois le moment où nous serons obligés de nous installer dans la maison des douairières, qui est quand même en meilleur état. »

Vaincu, Harry rejeta ses cheveux en arrière dans un geste machinal.

— Je suppose qu'il n'y a pas d'autre solution.
— Malheureusement non.
— Si cette propriété intéresse vraiment le marquis, il va falloir la lui faire visiter.

Avec un sourire amer aux lèvres, il enchaîna :
— Mais lorsqu'il prendra la mesure de l'énorme travail de restauration à entreprendre, je crains fort qu'il ne change d'avis.

Le marquis Brian d'Eaglescliffe arriva une semaine plus tard avec Charlie. Il conduisait lui-même l'un de ces élégants phaétons très hauts sur roues qui étaient la coqueluche des jeunes dandys. En voyant cette voiture, Harry demeura bouche bée. Et que dire des quatre pur-sang noirs parfaitement assortis qui y étaient attelés ?

D'un geste négligent, le marquis jeta les rênes à son groom et sauta à terre, suivi par Charlie.

— Voici M. Dalton, dit ce dernier.

Le marquis adressa un signe de tête au soi-disant M. Dalton avant d'examiner le manoir. Son regard était tellement condescendant que si Harry s'était écouté, il se serait mis en colère. Comment cet homme osait-il contempler avec un tel mépris la maison où il était né ?

— C'est cela ? demanda enfin le visiteur.

Harry crispa les poings. Il aurait juré qu'il avait failli ajouter : « cette porcherie ».

— Vous avez devant vous l'un des plus beaux exemples de l'architecture datant de l'époque des Tudor, dit Charlie. Savez-vous pourquoi on l'appelle le manoir de la Reine ? Parce que sa Majesté la reine Elisabeth Ire y a séjourné.

Brian d'Eaglescliffe laissa échapper un rire bref.

— Comme dans de nombreuses autres demeures de cette époque. Du moins à ce que l'on prétend.

Charlie s'y entendait pour faire l'article :

— Une fois restauré, ce manoir sera magnifique.

« Il a d'incontestables talents de vendeur, pensa Harry avec ironie. Au lieu de devenir officier, il aurait mieux fait de se lancer dans les affaires. Il aurait certainement fait fortune. »

— Magnifique ! répéta Charlie d'un ton pénétré.

Sans répondre, le marquis pénétra dans le grand hall. Il jeta un coup d'œil à l'escalier en chêne à la rampe sculptée avant de s'arrêter devant l'énorme cheminée.

— On peut y brûler un arbre entier, annonça Charlie.

Toujours en silence, Brian d'Eaglescliffe se rendit dans le grand salon, dont les fenêtres donnaient sur une roseraie étouffée par les ronces. Il leva les yeux vers le portrait de lady de Colnbrooke, qui, disait-on, avait fasciné Charles II en 1679.

— Ce sont des portraits de famille, je suppose ?

— Oui, répondit Charlie. Le prix de vente ne comprend pas le contenu du manoir. Mais je suis certain que si quelque chose vous intéressait, lord de Colnbrooke serait prêt à vous le céder.

Harry se raidit en entendant cela. Car il n'avait aucune intention de brader les portraits de ses ancêtres !

Le marquis allait d'une pièce à l'autre avec la même moue dédaigneuse. Après avoir visité le manoir de fond en comble, sans oublier la bibliothèque avec ses ouvrages anciens en mauvais état, la salle de bal, le salon de musique, les chambres du premier étage où les rideaux tombaient en lambeaux, et même la chapelle qui se trouvait au fond du parc, il déclara :

— Lord de Colnbrooke demande un prix extravagant pour cette ruine.

— Pour cette merveille architecturale, corrigea Charlie.

Harry, qui avait préféré demeurer silencieux depuis le début, s'attendait à ce que Brian d'Eaglescliffe déclare que cette propriété ne l'intéressait pas. À moins, peut-être, qu'il n'essaie de faire baisser considérablement le prix ?

Au lieu de cela, le marquis hocha la tête.

— Très bien. J'achète. Car en fin de compte, je suis de votre avis, Torrington. On doit pouvoir transformer cette ruine – je maintiens le mot –, en un agréable pied-à-terre.

Il se tourna vers Harry.

— Le commandant Torrington vous a chaudement recommandé. Je vous engage donc comme régisseur. Vous serez également responsable des travaux de restauration.

Sans lui laisser le temps de le remercier, il poursuivit :

— Mais notez bien ceci, Dalton ! Je suis un perfectionniste. Je tiens à avoir ce qu'il y a de mieux.

— Je ferai de mon mieux pour vous donner satisfaction, milord, réussit à répondre Harry d'une voix étranglée.

Il se rendait déjà compte qu'il aurait beaucoup de mal à jouer un rôle subalterne dans une demeure où il avait été le maître. De plus, avec ses manières cassantes, le marquis lui avait été antipathique dès le premier instant.

Mais puisqu'il était prêt à débourser une fortune pour se rendre acquéreur de cette propriété, Harry n'allait certainement pas se montrer difficile! Grâce à l'argent qui allait lui tomber miraculeusement dans les mains, il se rendait compte qu'il pourrait enfin désintéresser les créanciers de son père, payer les gages des domestiques, donner des pensions aux vieux serviteurs… et réaliser quelques travaux dans la maison des douairières où il lui faudrait désormais vivre avec sa sœur.

— Le commandant Torrington m'a dit que vous aviez combattu avec lui à Waterloo? interrogea le marquis.

— Oui, milord.

— Une terrible bataille… Tous les soldats, d'un côté comme de l'autre, ont dû faire preuve d'initiative et d'intelligence. Je m'attends à ce que vous fassiez preuve de la même efficacité en travaillant pour moi.

D'un ton sec, il ajouta :

— Vous me comprenez?

— Oui, milord.

— Très bien. Je veux que vous vous mettiez immédiatement à l'œuvre. Trouvez les meilleurs artisans qui soient pour entreprendre les travaux. Mon secrétaire viendra demain de Londres vous apporter l'argent nécessaire afin de mener cette restauration à bien. Je tiens à ce que ce soit terminé dans les plus brefs délais.

— Je ferai de mon mieux, milord, répéta Harry.

Brian d'Eaglescliffe se tourna alors vers Charlie.

— Vous revenez à Londres avec moi, Torrington ? Ou bien vous préférez rester ?

— Je vais rester. Il faut que je voie lord de Colnbrooke. Je suis sûr qu'il regrettera beaucoup de ne pas avoir pu vous faire visiter lui-même sa maison. Je lui dirai ce qui vient d'être décidé, et je suis persuadé qu'il sera très heureux d'apprendre que vous allez devenir le nouveau propriétaire du manoir de la Reine.

En guise de réponse, le marquis se contenta de laisser échapper un rire sarcastique. Puis il remonta dans son phaéton, prit les rênes que lui tendait le groom et partit au petit trot.

Charlie attendit qu'il ait franchi la grille en fer forgé complètement déformée pour donner une bourrade amicale à son ami.

— Bravo ! s'exclama-t-il.

Harry haussa les épaules.

— Je n'ai rien fait. C'est toi qui t'es donné tout le mal.

Avec une pointe d'ironie, il poursuivit :

— Je ne te connaissais pas ces talents de camelot.

— Merci ! fit Charlie sans se froisser.

— Jamais je n'aurais pensé qu'il allait accepter sans discuter le prix demandé.

— Tu sais, moi non plus.

— Il ne risque pas de changer d'avis ? demanda Harry, soudain inquiet.

Charlie secoua la tête.

— Lui ? Certainement pas. Une fois qu'il a donné sa parole, il ne revient jamais dessus.

Charlie donna une autre bourrade à son ami.

— Tu peux compter sur l'argent. Et sur le poste de régisseur ! Tu ne manqueras pas de travail, mais je peux t'assurer que tu seras très bien payé.

Au cours des semaines qui suivirent, Harry et Anthea n'arrêtèrent pas une seconde. Levés à l'aube, ils ne se couchaient pas avant la tombée de la nuit, après une journée épuisante. La maison des douairières était inoccupée depuis au moins cent ans. Il leur fallut donc tout d'abord en chasser les araignées et les souris avant de la rendre habitable pour y transférer les meubles qu'ils souhaitaient garder.

Ils ne pouvaient pas tout emporter, bien évidemment! À côté du manoir, leur nouvelle demeure paraissait bien petite. Elle comprenait seulement deux salons, une salle à manger, un bureau et cinq chambres. Plus celles du deuxième étage, qui étaient réservées aux domestiques.

C'était une très jolie maison datant, elle aussi, de l'époque des Tudor. Et Anthea était ravie que son frère lui ait donné assez d'argent pour la faire repeindre selon ses goûts. Elle put également acheter du chintz aux teintes pastel afin de confectionner, avec l'aide d'une femme du village, des rideaux et des dessus-de-lit.

Malgré tout, comme elle regrettait le manoir! Son parc touffu, l'escalier à la large rampe que, étant enfant, elle avait descendu si souvent à califourchon, les passages secrets dont elle connaissait chaque recoin... Combien de fois n'avait-elle pas joué au fantôme! En poussant des cris lugubres, elle faisait coulisser un panneau et surgissait, enveloppée d'un grand drap. Les domestiques faisaient mine d'être effrayés. Mais l'étaient-ils vraiment? Elle n'en était plus si sûre, maintenant.

«C'était le bon temps», pensa-t-elle avec nostalgie.

Bientôt, des étrangers allaient vivre dans la demeure qui avait appartenu aux Colnbrooke depuis des siècles. Une autre femme que sa mère s'installerait dans sa chambre et son boudoir. Et, à la place de son père, ce serait le marquis d'Eaglescliffe qui dormirait dans le grand lit à baldaquin qu'ils avaient été obligés de laisser au manoir, faute de place dans la maison des douairières.

Sans le connaître, sans même l'avoir vu, la jeune fille haïssait celui qui avait acheté le domaine. Parfois, elle tentait de se raisonner :

« Je devrais lui être reconnaissante. C'est presque un miracle qu'il ait accepté d'acheter le manoir le prix demandé. Grâce à lui, Harry n'a plus de soucis d'argent. »

Son frère s'était bien gardé de lui expliquer pourquoi le marquis souhaitait posséder une demeure proche de Londres. Comment faire comprendre à une jeune fille candide ne sachant rien du monde ni de la vie que certains messieurs menaient une vie dissolue ? Brian d'Eaglescliffe était de ceux-là, Harry en était persuadé. Le jeu, les femmes faciles, le champagne coulant à flots...

Trois mois après la première visite du marquis d'Eaglescliffe, le manoir était prêt. Les couvreurs, les maçons, les menuisiers, les plombiers, les peintres et les jardiniers avaient réussi une transformation presque magique. Mais il fallait dire que Harry n'avait ménagé ni son temps ni ses efforts. Et c'était avec fierté qu'il contemplait la demeure de ses ancêtres remise à neuf.

— Maintenant que sa dernière folie est habitable, Eaglescliffe a l'intention de venir y passer le prochain week-end, lui apprit Charlie qui faisait de fréquents allers et retours entre Londres et le manoir.

Les deux amis ne s'étaient pas aperçus qu'Anthea les écoutait. Aussi, ce fut sans méfiance que Charlie poursuivit :

— Une pendaison de la crémaillère, en quelque sorte.

— Il amènera donc des amis ?
— Tu penses bien que oui !
Avec un petit rire, Harry avait enchaîné :
— Tu sais l'usage qu'il veut faire de cette demeure !
— Cela ne me plaît pas.
— Je le regrette, mais je ne pense pas que tu aies ton mot à dire. Et l'arrivée du nouveau propriétaire du manoir ne devrait pas te donner de travail supplémentaire. En revanche, cela occupera les domestiques que tu as engagés.
— Sais-tu s'il a l'intention de rester longtemps ?
— Oh, non ! Il faut que Lottie soit au théâtre lundi soir. Je pense qu'ils arriveront samedi et partiront lundi matin, ou même dimanche soir.

Anthea n'était jamais allée à Londres. Cela ne l'empêchait pas d'avoir entendu parler de Lottie Vernon, une danseuse ayant beaucoup de succès sur les planches comme à la ville.

— Eaglescliffe lui a donné tant de bijoux qu'elle scintille de partout, fit Harry en riant. Je l'ai vue l'autre soir au restaurant. On aurait cru un arbre de Noël.

Pourquoi le marquis donnait-il des bijoux à une danseuse ? Anthea ne comprenait pas.

« Peut-être parce que c'est un grand admirateur de son talent ? » pensa-t-elle.

Certains offraient à celles qui se produisaient sur scène des fleurs. La jeune fille se souvenait que son père avait raconté que les danseuses étoiles recevaient d'énormes bouquets après une représentation réussie. Pourquoi pas des joyaux ?

Cependant, la manière dont Harry et Charlie parlaient de tout cela l'intriguait. C'était toujours à mots couverts, et avec des sous-entendus qu'elle n'arrivait pas à saisir.

« Je ne comprends pas pourquoi ils font tant

de mystères, se disait-elle. Il n'y a vraiment pas de quoi. »

Elle rejoignit les deux hommes qui – comme elle s'y attendait –, cessèrent aussitôt de parler de Lottie Vernon.

Harry paraissait soucieux.

— Pourvu que les rénovations lui plaisent! Pourvu que tout se passe bien! Pourvu, surtout, que je n'oublie pas de répondre quand il m'appellera. Dalton par ici... Dalton par là... Tu aurais dû me demander mon avis avant de me rebaptiser, Charlie.

— Je n'en ai pas eu le temps. J'étais au *White's club* quand il est arrivé. « Tiens, voilà Midas, celui qui transforme tout en or », a dit l'un de mes amis. « Il vient de remporter une fortune aux courses. L'argent va à l'argent », a renchéri un autre. Et soudain, j'ai su que j'avais devant moi l'acheteur rêvé pour le manoir de la Reine. Je suis allé le trouver, je lui ai parlé d'un domaine qui pourrait devenir superbe – après quelques travaux –, je lui ai vanté les talents d'un régisseur exceptionnel...

Anthea éclata de rire.

— Un certain Dalton!

Charlie se tourna vers la sœur de son ami et parut la voir pour la première fois.

— Comme vous avez grandi, Anthea! s'exclama-t-il avec stupeur. Vous n'êtes plus une petite fille.

— Bien sûr que non. J'ai eu dix-huit ans il y a un mois.

Ce fut au tour de Charlie de paraître soucieux, lui dont la bonne humeur était pourtant inaltérable. Il attendit que la jeune fille se soit éloignée pour déclarer à mi-voix:

— Un conseil, Harry.

— Oui?

— Arrange-toi pour qu'Eaglescliffe ne rencontre jamais Anthea. Tu m'entends? Jamais!

Harry le regarda avec stupeur.

— Pourquoi pas ?

— Réfléchis un instant ! Tu connais sa réputation avec les femmes. Or ta sœur est si candide, si naïve...

— Tu crains qu'il ne lui fasse des avances ?

— C'est bien probable, pour ne pas dire certain. Et elle sera alors fort embarrassée, car je parie qu'elle n'a pas la moindre idée de la manière dont on traite un don Juan.

Toujours soucieux, Charlie enchaîna :

— Oui, méfie-toi. Je viens seulement de m'en rendre compte : ta sœur est devenue bien jolie.

— Tu trouves ? demanda Harry qui, pas plus que Charlie, n'avait jusqu'à présent remarqué combien Anthea avait changé.

Pour lui, elle était toujours la petite fille en chaussettes blanches qui courait comme une folle dans les passages secrets et avait un don exceptionnel pour calmer les chevaux les plus nerveux.

Lorsqu'elle revint un peu plus tard dans la pièce où il se tenait avec son ami, il l'examina avec attention. Oui, Charlie avait raison ! Sa sœur était maintenant une ravissante jeune fille aux mouvements empreints d'une grâce infinie.

Ce soir-là, lorsqu'il monta lui dire bonsoir comme à l'ordinaire, il s'assit au bord du lit.

— Écoute-moi bien, Anthea. Quand le marquis viendra, tu ne le verras pas.

Elle éclata de rire.

— Je n'y comptais pas ! Si tu crois qu'il va m'inviter à dîner !

— Non, bien entendu. Pas plus que moi, d'ailleurs. Mais comme il va séjourner pendant quelques jours au manoir de la Reine, il vaut mieux que tu évites de te promener dans le parc.

La jeune fille hocha la tête d'un air sentencieux.

— Je sais pourquoi tu es inquiet !

Harry eut un haut-le-corps.

— Tu... tu le sais ?

— Évidemment ! Nous nous ressemblons et tu crains, s'il me voit, que ta véritable identité ne soit découverte.

Cette explication parut à Harry aussi valable qu'une autre.

— Exactement ! Par conséquent, mieux vaut que tu restes hors de vue.

— C'est bien mon intention. Ce qui ne m'empêchera pas de l'observer à son insu, si du moins j'en ai la possibilité. Je n'ai encore jamais vu de marquis !

Harry soupira.

— Forcément, puisque tu n'es jamais sortie d'ici.

— Je ne connais même pas Londres, murmura-t-elle. Mais cela ne me manque pas. Je suis très heureuse à la campagne.

— Tant mieux, parce que je ne peux malheureusement pas te proposer autre chose.

— Nous avons de l'argent, maintenant.

— Pas assez pour que tu puisses faire ton entrée dans le monde, fit Harry avec regret.

— Cela ne me manque pas, répéta la jeune fille.

Elle sourit.

— Et tu sais, je suis restée très économe ! Par exemple, je ne commande jamais de vin.

— Nous pourrions nous le permettre.

— Ce n'est pas bon pour toi, décréta-t-elle.

Harry éclata de rire.

— Quelle despote tu fais !

— Toi aussi. Interdiction de chercher à rencontrer le marquis, de lui parler, de...

— Là, je suis sérieux, Anthea.

Elle lui adressa un coup d'œil espiègle.

— Tu ne fais que renforcer mon envie de le voir. Ne serait-ce que de loin.

Avec gravité, Harry déclara :

— Évite-le, je t'en supplie ! C'est un homme très désagréable, et il a une réputation épouvantable. Je t'assure que si un autre acquéreur s'était présenté, jamais je ne lui aurais vendu le manoir. Mais je n'ai pas pu me permettre d'attendre : j'avais le couteau sur la gorge.

— Tu as bien fait. On ne peut pas dire que les acheteurs se précipitaient ! À part le marquis, nous n'en avons jamais vu un seul. Grâce à lui, tu as pu rembourser toutes les dettes et verser une pension à nos vieux domestiques. Hier, je suis allée voir le vieux Burrows. Si tu savais comme il est content dans le petit cottage que tu as restauré à son intention ! « C'est bien simple : je n'ai jamais été aussi heureux de ma vie, mademoiselle Anthea », m'a-t-il dit.

— Je ne suis pas fâché d'avoir enfin pu faire quelque chose pour ces vieilles gens qui avaient tant travaillé pour nos parents et pour nous.

— Nanny est très contente, elle aussi. Jamais elle ne s'attendait à ce que tu lui donnes une aussi grosse somme pour payer tous ses gages en retard. « Maintenant, je pourrai m'offrir un beau cercueil et un bel enterrement », a-t-elle déclaré. J'ai poussé des cris d'horreur : « Nanny, dépensez votre argent comme vous l'entendez. Vous n'êtes pas près de mourir. Et si, par malheur, cela devait arriver, nous nous chargerons, mon frère et moi, d'organiser vos obsèques. »

Harry parut presque choqué.

— Tu as de bien étranges conversations avec Nanny !

— Il ne faut pas hésiter à aborder tous les sujets. Qu'ils soient gais ou tristes.

Cette fois, Harry demeura silencieux. Il pensait à la discussion qu'il avait eue peu de temps auparavant avec Nanny.

Quand il lui avait fait part de ses craintes au sujet du nouveau propriétaire du manoir, la vieille femme l'avait immédiatement interrompu :

— Ne vous faites surtout pas de souci, monsieur Harry. Je continuerai à veiller sur Mlle Anthea comme je l'ai toujours fait.

En pinçant les lèvres, elle avait ajouté :

— Et peut-être encore de plus près ! J'ai entendu parler du marquis d'Eaglescliffe. On ne dit pas beaucoup de bien de lui. Quand je pense qu'il va amener ici des actrices et des danseuses ! Si milady était au courant, elle se retournerait dans sa tombe !

— Surtout, ne parlez pas de cela à ma sœur, Nanny.

— Bien sûr que non, monsieur Harry... euh, je veux dire milord. Tant que ce marquis sera là avec toutes ces femmes de rien, je m'arrangerai pour que Mlle Anthea reste ici avec moi.

— Merci, Nanny. Et je vous en prie, ne m'appelez pas milord. N'oubliez pas que je suis désormais M. Dalton.

— M. Dalton ! Je vous demande un peu ! Où va le monde ? Comment peut-on avoir peur d'utiliser son véritable nom ?

— Nanny, vous savez parfaitement pourquoi j'ai eu recours à ce subterfuge.

— Cela ne m'empêche pas de penser que cela ne se fait pas. Non, ce n'est pas bien. Pas du tout !

Brian d'Eaglescliffe était venu assez régulièrement, chaque fois en coup de vent, pour inspecter l'avancement des travaux. Il ne faisait pas de compliments. Mais comme il ne faisait pas de critiques non plus, Harry en avait déduit qu'il n'était pas trop mécontent du travail accompli.

Le soi-disant régisseur devait se rendre lui-même à Londres tous les lundis pour apporter les factures au comptable du marquis et donner un bref compte rendu de ce qui avait été fait pendant la semaine.

La dernière fois qu'il s'était rendu dans le superbe hôtel particulier des Eaglescliffe, à Park Lane, le nouveau propriétaire du manoir l'avait fait appeler dans son bureau.

— La maison est-elle désormais habitable, Dalton ? avait-il demandé avec sa sécheresse coutumière.

— À peu près, milord.

— Oui, ou non ?

— Le manoir de la Reine est habitable, mais il reste certains petits détails à peaufiner.

— Cela pourra être vu plus tard. J'ai acheté cette demeure dans le but d'y passer les week-ends en compagnie de... d'amis. L'été arrive et c'est le moment ou jamais d'en profiter.

Harry savait déjà qu'une fois que le marquis avait pris une décision, il ne changeait jamais d'avis.

— Bien, milord.

— Arrangez-vous pour que les chambres principales soient toutes prêtes. Vous avez déjà engagé quelques domestiques, je crois ?

— Oui, milord.

— N'hésitez pas à en embaucher d'autres. Que tout soit parfait pour mon arrivée. J'ai l'intention de venir avec Mlle Lottie Vernon, dont vous avez sûrement entendu parler.

— Euh... oui, milord.

— D'autres danseuses du Covent Garden accompagneront certains de mes amis. Et toutes ces demoiselles donneront un spectacle.

— Un... un spectacle ?

— Vous ne savez pas ce que c'est, Dalton ? lança Brian d'Eaglescliffe avec ironie.
— Mais… quel genre de spectacle ?
— Je me demande en quoi cela peut vous intéresser ! Sachez que ces demoiselles prendront des « poses plastiques ». Il s'agit de la nouvelle vogue. À vous de trouver un pianiste.
— Bien, milord.

Après un instant de réflexion, Brian ajouta :
— Et au fond, ce serait bien d'avoir de la musique pendant le dîner. Il faudra que le pianiste ne joue pas trop fort, de manière à ne pas gêner les conversations. Il y a quelque temps, j'ai fait livrer trois pianos modernes au manoir. Les avez-vous reçus ?
— Oui, milord.
— Vous en ferez mettre un dans le salon de musique, le second dans la galerie qui domine la salle à manger, et le troisième sur la scène où nos danseuses prendront leurs poses. Est-ce clair ?
— Oui, milord.
— Je peux compter sur vous pour le pianiste ?
— Oui, milord. Un excellent musicien a justement pris sa retraite au village. Je suis sûr qu'il sera très flatté qu'on lui demande de jouer au manoir. Et pour pas cher !
— Donnez-lui ce qu'il veut. Je ne veux pas que l'on m'ennuie avec des détails de ce genre.
— Vous avez parlé de scène, milord.
— En effet. Il faudra en construire une au bout de la salle à manger.
— Bien, milord.
— Arrangez-vous pour que ce soit quelque chose d'élégant. Vous pouvez la draper d'étoffes colorées, la décorer de fleurs ou de branchages… que sais-je ?
— Bien, milord, répéta Harry.

En revenant de Londres, Harry se rendit chez M. Meldosio. Ce pianiste virtuose d'origine italienne avait acheté une demeure assez vaste à la sortie du village. Il y vivait tranquillement avec sa femme, deux pianos, un clavecin, une harpe... et une bonne vingtaine de perruches.

— Quel plaisir de recevoir votre visite, lord de Colnbrooke! s'exclama cet homme à l'épaisse chevelure blanche.

Avec son accent inimitable, il poursuivit:

— Il y a bien longtemps que je ne vous ai vu.

— C'est que je ne manque pas de travail au manoir.

— J'ai entendu parler de cela.

Avec un sourire amusé, l'Italien ajouta:

— Il paraît que vous êtes devenu régisseur sous le nom de M. Dalton?

— C'est cela. J'espère que personne n'aura l'idée de dire qui je suis en réalité au marquis!

— À mon avis, il n'y a pas de danger pour cela. D'autant plus que, d'après ce que j'ai compris, nous ne verrons pas souvent milord dans la région. Par conséquent, je doute qu'il ait l'occasion de s'entretenir avec les villageois!

— Espérons-le.

En quelques mots, Harry expliqua à M. Meldosio ce qui l'amenait. Le pianiste parut enchanté.

— Ah, très volontiers! Faire danser Lottie Vernon? Cela ne me déplaît pas, bien au contraire!

— Apparemment, elle ne dansera pas mais prendra des « poses plastiques ».

— Bah, nous verrons bien! J'ai l'habitude de m'adapter. Souhaitons seulement que mes doigts ne soient pas trop rouillés...

— Comment pouvez-vous dire cela, monsieur Meldosio? Vous jouez tous les jours.

— Et quelquefois, à quatre mains avec Mlle Anthea. Ce qui est toujours un plaisir.

— Ma sœur est une bonne pianiste.

— Vous pouvez dire que Mlle Anthea est une pianiste exceptionnelle, milord!

— Je ne suis plus milord, mais M. Dalton.

L'Italien éclata de rire.

— Sachez... monsieur Dalton, que votre sœur est une pianiste exceptionnelle, reprit-il. Si elle voulait faire une carrière musicale, je suis sûr qu'elle deviendrait vite célèbre.

— Moi vivant, jamais ma sœur ne montera sur les planches. Vous m'entendez, Meldosio? Jamais!

Harry posa son verre vide sur la table en marqueterie.

— Me voilà dans une situation terrible. As-tu une idée, Anthea?

— Mais oui. Je ne comprends pas pourquoi tu t'affoles. Il existe une solution toute simple: je n'ai qu'à prendre la place de M. Meldosio.

Il la regarda avec stupeur.

— Toi? Sûrement pas. Tu es folle!

— Pas du tout. Certes, je ne prétends pas jouer aussi bien que M. Meldosio, mais avoue que je ne me débrouille pas trop mal.

Harry le savait mieux que quiconque. Et même s'il n'avait pas l'oreille très musicale, cela lui plaisait d'entendre sa sœur interpréter des œuvres de Haydn ou de Mozart. Il aimait, aussi, quand elle jouait des fugues de Bach sur le petit orgue de l'église. Mais de là à participer à un spectacle au cours duquel des danseuses prenaient des «poses plastiques»!

— C'est impensable, décréta-t-il d'un ton sans réplique.

Anthea haussa les épaules.

— Très bien. Trouve quelqu'un d'autre.

Elle jeta un coup d'œil à la pendule ancienne qui trônait sur la cheminée.

— Il est presque midi. Tu as tout l'après-midi pour chercher un pianiste.

Harry jura entre ses dents.

— Tu sais parfaitement que je n'ai pas le temps de me mettre en quête d'un musicien ! J'ai bien autre chose à faire. Par exemple, il va falloir que j'aille vérifier toutes les chambres afin de veiller à ce qu'il n'y manque rien.

— Tu as une femme de charge pour cela.

— Je viens de l'engager et ne sais pas encore ce qu'elle vaut. Certes, elle m'a présenté d'excellentes références et je la crois efficace. Mais il faut la surveiller, tout au moins dans les premiers temps.

— Tu fais bien d'avoir l'œil à tout, murmura la jeune fille.

Avec agitation, Harry poursuivit :

— J'avais demandé hier que l'on suspende les rideaux devant la scène. Ce matin, ils n'étaient toujours pas là. Et si je ne supervise pas la décoration florale de la table, je crains un désastre.

— William est un excellent chef jardinier ! protesta Anthea.

— Peut-être. Mais son sens artistique est nul !

— Ne t'énerve pas.

— Il y a tant de problèmes à régler ! Et maintenant, voilà que Meldosio m'apprend qu'il lui est impossible de jouer !

— Je t'ai proposé une solution. Je ne comprends pas pourquoi tu refuses.

— Je ne veux pas que tu voies le marquis et ses amis.

— Ils ne vont pas me manger ! Et honnêtement, comment veux-tu qu'une petite provinciale comme moi puisse rivaliser avec une Lottie Vernon ?

Les sourcils froncés, Harry examina sa sœur. Avec sa robe en cotonnade d'un bleu délavé par de multiples lessives, ses boucles blondes attachées sans apprêt sur sa nuque par un étroit ruban de velours et son visage totalement dépourvu de maquillage, elle ne ressemblait guère aux sirènes sensuelles et sophistiquées qui plaisaient au marquis d'Eaglescliffe !

Devinant qu'il était ébranlé, Anthea alla s'asseoir sur l'accoudoir de son fauteuil.

— Tu es gentil de t'inquiéter pour moi. Mais honnêtement, qu'ai-je à craindre ? Je jouerai et tout de suite après, je rentrerai à la maison avec Nanny.

— Tu l'emmènerais avec toi ? demanda Harry, visiblement soulagé. Voilà une bonne idée.

— Elle pourra m'attendre dans la salle à manger des domestiques.

Il y eut un silence. Puis, de nouveau, Harry se mit à jurer.

— Si maman t'entendait, elle serait choquée ! lança Anthea d'un ton léger. Et je le suis aussi !

Sans tenir compte de ce reproche, Harry grommela :

— Je sens que j'ai tort d'accepter ta proposition. Mais y a-t-il une autre solution ? Je crains que non. Et si je ne peux pas proposer de pianiste, je risque de perdre mon emploi. Tu imagines ? Ce serait terrible... Pour moi mais aussi pour les villageois. Quand je pense que j'ai pu me permettre de rénover les cottages et les fermes ! C'était mon rêve depuis mon retour de la guerre. Un rêve que je croyais impossible.

Il soupira.

— Si tu savais combien j'étais désolé de voir le domaine aller à vau-l'eau. Et un miracle s'est produit ! Certes, ce n'est pas en mon nom que j'accomplis cela. Mais comme le marquis m'a dit de ne pas lésiner sur les dépenses, je n'hésite pas.

— Tu as raison.

— Et je suis si heureux de pouvoir aider ces braves gens qui dépendent de notre famille depuis des générations ! J'avais tellement honte de ne pas pouvoir améliorer leur sort. Je suis sûr qu'un autre régisseur aurait mis beaucoup moins de sérieux et de cœur dans cette tâche, pour la bonne raison qu'il ne se serait pas senti concerné personnellement.

Harry en revint à leur sujet précédent de conversation.

— Même s'il ne proteste pas quand je lui présente les factures, le marquis est un homme dont il faut se méfier. Tu te cacheras pour jouer.

— Comment serait-ce possible ?

— Je m'arrangerai pour que le piano soit dissimulé par des drapés et des fleurs. Et dès que le spectacle sera terminé, tu reviendras ici avec Nanny. Promis ?

— Promis.

— Concentre-toi uniquement sur ton clavier. Surtout, ne regarde pas ce qui se passe autour de toi.

Il jura encore une fois.

— Si j'avais pu imaginer qu'un jour, on se conduirait de la sorte dans ma maison !

« Ce n'est plus ta maison », faillit lui dire la jeune fille.

Mais elle jugea plus sage de se taire. Inutile de mettre Harry de mauvaise humeur alors qu'elle venait d'obtenir la permission d'aller au manoir. Elle allait apercevoir le marquis d'Eaglescliffe, ses amis distingués, et les femmes dont le nom était si souvent cité dans les colonnes de potins des journaux. Pour elle, il s'agissait d'une véritable aventure.

Elle se pencha pour embrasser gentiment son frère sur la joue en disant :

— Ne t'inquiète pas, tout se passera bien. Si tu crois que milord va s'intéresser à une simple pianiste alors qu'il aura autour de lui les plus jolies danseuses de Covent Garden !

2

Lorsque le marquis d'Eaglescliffe quitta son hôtel particulier de Park Lane dans un splendide équipage sur lequel tout le monde se retournait, il était d'excellente humeur.

Pour ce premier week-end au manoir de la Reine, il avait invité une douzaine de personnes. Ses meilleurs amis... et d'autres qu'il considérait comme de simples relations, mais qu'il avait l'habitude de retrouver au *White's Club*, dans les réceptions mondaines, dans les restaurants huppés en compagnie des actrices à la mode, sur les champs de courses où ses chevaux remportaient souvent le premier prix, ou encore au cours de mémorables steeple-chases.

Et afin de tenir compagnie à ces messieurs tous amateurs de jolies femmes, il avait demandé à Lottie de sélectionner quelques danseuses parmi celles qui étaient expertes en «poses plastiques», une mode venue tout récemment de Paris.

Il n'était pas mécontent d'avoir Lottie avec lui pendant tout un week-end. Pour une fois, il n'allait pas être obligé de se lever avant l'aube pour quitter le domicile où il avait installé la danseuse afin de regagner son hôtel particulier. Il avait toujours mené ses aventures dans la plus grande discrétion car il détestait que l'on fasse des commérages à son sujet.

«Cette nuit, je n'aurai pas besoin de surveiller la pendule», se dit-il avec satisfaction.

Il ne tarda pas à arrêter son phaéton devant la maison qu'il avait achetée pour sa précédente maîtresse, une actrice française.

Celle-ci n'avait jamais eu l'occasion d'y habiter, car il s'était lassé d'elle avant que soient terminés les travaux de rénovation. C'était donc Lottie qui avait hérité de cette jolie demeure dont la façade était ornée d'un fronton et de balcons.

Il pinça les lèvres.

« Le problème, c'est que je commence à me lasser de Lottie aussi... »

Le groom sauta à terre pour prendre les rênes des quatre pur-sang. Après les lui avoir confiées, Brian d'Eaglescliffe descendit de voiture et traversa le trottoir en faisant claquer les talons de ses hautes bottes aussi brillantes que des miroirs.

La porte s'ouvrit immédiatement. Ce qui n'avait rien de surprenant car il avait envoyé un valet un peu auparavant pour annoncer son arrivée.

— J'ai une mauvaise nouvelle à vous apprendre, milord, dit le domestique. Si j'en avais eu le temps matériel, je serais retourné à Park Lane afin de vous éviter un déplacement inutile.

Le marquis fronça les sourcils.

— Comment cela ? Que se passe-t-il donc ?

— Mlle Lottie est souffrante.

Sarah, la femme de chambre de la danseuse, qui descendait l'escalier à ce moment-là, annonça à son tour :

— Mlle Lottie est malade !

Le marquis ne cacha pas son agacement.

— Pourquoi ne me l'a-t-on pas fait savoir ?

Sarah parut confuse.

— Je n'y ai pas pensé, milord.

« Elle n'a pas beaucoup plus de tête que sa maîtresse ! » se dit le marquis avec agacement.

— Et puis, elle espérait se rétablir bien vite, poursuivit Sarah. Mais il paraît que cette grippe est mauvaise. Une fois que la fièvre vous tient, cela peut durer jusqu'à une semaine.

Brian ne jugea pas utile de faire des commentaires, même s'il avait entendu parler de cette épidémie de grippe qui sévissait à Londres.

Il jeta sur une chaise son chapeau et ses gants avant de monter dans la chambre que Lottie avait tenue à décorer elle-même. Ce n'était qu'un amoncellement de rideaux en satin rose dont les plis étaient retenus par des angelots dorés.

La danseuse gisait au milieu du grand lit drapé, lui aussi, de satin rose. Les yeux clos, le visage blême, elle ne paraissait plus que l'ombre d'elle-même.

— Le médecin est-il venu ? demanda le marquis à Sarah.

— Oui, milord.

— Et ?

— C'est bien la grippe. Elle doit boire beaucoup, prendre des comprimés toutes les quatre heures, rester au lit... et attendre que la fièvre tombe.

Lottie souleva les paupières.

— Je... je suis désolée, murmura-t-elle d'une voix faible.

Avec effort, elle poursuivit :

— Je... je peux pas aller avec vous en week-end et je... je ne pourrai sûrement pas danser lundi.

Le seul fait d'avoir prononcé ces deux phrases la fit tousser désespérément. Elle se plia en deux et attendit que la quinte de toux soit passée pour se laisser retomber sur ses oreillers d'un air épuisé.

— Oui, je... je suis désolée, répéta-t-elle. D'autant plus que... que...

Le marquis la fit taire :

— Chut ! Surtout, ne parlez pas. Cela vous fatigue et vous fait tousser. Tâchez de dormir.

Il se tourna vers la femme de chambre.

— Je vais demander à mon médecin personnel de venir tous les jours. Je paierai la note.

Sarah fit une courbette.

— Merci beaucoup, milord.

Le marquis tapota la main brûlante de la danseuse.

— Tâchez de vous remettre bien vite. Ces grippes ne durent pas bien longtemps, mais elles sont épuisantes. Je reviendrai vous voir dès que vous vous sentirez mieux.

Il sortit, pas fâché d'échapper à l'ambiance étouffante de cette chambre de malade. Une fois dans son phaéton, au lieu de prendre le chemin du manoir de la Reine, il regagna son hôtel particulier.

Le majordome parut très surpris de le voir.

— Un problème, milord? Nous ne vous attendions pas avant lundi.

— Je le sais. Mais j'ai quelques instructions urgentes à donner à mon secrétaire. Pouvez-vous demander à M. Cunningham de venir, s'il vous plaît?

— Tout de suite, milord.

Deux minutes plus tard, un homme d'un certain âge arriva. Lorsque le marquis le convoquait, le secrétaire n'oubliait jamais d'ôter les manchettes en lustrine verte qui protégeaient sa redingote. Mais cette fois, il avait été tellement étonné d'apprendre que le maître de maison était de retour alors que tout le monde le croyait à la campagne qu'il n'y avait pas songé.

— Vous m'avez fait appeler, milord? demanda-t-il tout en ôtant le lorgnon cerclé de métal qui lui pinçait le nez.

— Oui, Cunningham. Je voudrais que vous vous arrangiez avec mon médecin pour qu'il aille voir quotidiennement Mlle Lottie Vernon. Connaissez-vous l'adresse de cette jeune personne?

Le secrétaire retint un sourire discret.
— Oui, milord.
Agacé, parce qu'il se rendait compte que ses efforts pour garder ses aventures secrètes ne servaient à rien, le marquis ajouta :
— Faites également envoyer à Mlle Vernon un bouquet d'orchidées.
— Très bien, milord.
Dix minutes plus tard, lorsqu'il remonta dans son phaéton, le marquis était de très mauvaise humeur. Il détestait quand ses plans échouaient. Il avait pris soin de tout organiser pour que le week-end soit réussi...
— Et par la faute de quelques microbes, c'est raté ! grommela-t-il en jurant.
L'espace d'un instant, il songea à envoyer des messagers à tous ceux qu'il avait invités pour leur dire que le week-end était annulé. Il y renonça. Il était trop tard pour les prévenir.
« Eux vont bien s'amuser, car je ne pense pas que tout le corps de ballet ait attrapé la grippe. Mais cette nuit, moi je vais rester seul. Ah, c'est gai ! »

Lorsqu'il aperçut le manoir, sa mauvaise humeur se dissipa quelque peu. Même s'il n'avait rien dit au régisseur que lui avait chaudement recommandé Charlie Torrington, il devait reconnaître que son ami avait eu la main heureuse.
« Ce Dalton a compris exactement ce que je voulais. Il est même allé au-devant de mes désirs. Je dois reconnaître que si je m'étais chargé en personne de la restauration du manoir, cela n'aurait pas été mieux réussi. »
Après un instant de réflexion, Brian d'Eaglescliffe ajouta intérieurement :
« Cela aurait peut-être même été moins bien fait ! Torrington avait raison lorsqu'il disait que ce bâti-

ment datant de l'époque des Tudor était une merveille architecturale. Dalton a su le mettre en valeur d'une manière exceptionnelle. »

Brian se dit qu'il avait bien de la chance de posséder un pied-à-terre aussi près de Londres.

— Dommage que Lottie soit clouée au lit! fit-il entre ses dents, tout en mettant les chevaux au pas pour monter l'allée bordée de chênes centenaires.

Le parc, qui n'était qu'un fouillis de ronces et d'orties lors de sa première visite, était maintenant superbe. L'équipe de jardiniers engagée par son régisseur s'y connaissait! Et il devait reconnaître que les couvreurs, les maçons, les peintres ou les tapissiers étaient eux aussi des artisans exceptionnels.

Lorsqu'il s'arrêta devant le perron, la porte s'ouvrit et Dalton apparut en compagnie d'un majordome à l'allure très digne, tandis que deux valets en livrée s'empressaient de dérouler sur les marches un tapis rouge tout neuf.

— Bienvenue au manoir de la Reine, milord, dit Harry.

— Merci. J'espère que tout est prêt? Mes invités ne devraient pas tarder à arriver. Avez-vous suivi toutes mes instructions?

— À la lettre, milord.

— Bien.

— J'espère que vous serez satisfait, milord.

Brian d'Eaglescliffe pénétra dans le hall où attendaient respectueusement les deux valets qui avaient déroulé le tapis rouge.

Harry lui présenta le majordome.

— Voici Jarvis, milord. Avant de venir ici, il était au service du comte de Hull.

Pendant que le majordome s'inclinait, le marquis lui adressa un bref signe de tête. Puis il se dirigea vers le grand salon, où Harry avait fait placer les bouquets de roses que sa sœur était venue arranger elle-même.

— Bien, répéta Brian en hochant la tête.

Il se tourna vers Harry.

— Il faudra installer quelques tables de bridge au fond de cette pièce. Y a-t-il assez de jeux de cartes?

— Je l'espère, milord.

— J'en ai fait envoyer la semaine dernière.

— Je les ai bien reçus, milord.

Le marquis se rendit ensuite dans la bibliothèque, où de nombreux livres reliés s'alignaient sur les rayonnages en chêne encaustiqués. Les rideaux aux teintes passées qu'il avait vus en lambeaux quelques mois auparavant avaient été remplacés par un somptueux brocart jaune d'or. Quant au plafond taché d'humidité, il avait été scrupuleusement restauré. En faisant le déménagement, Harry avait eu la chance de découvrir au fond d'une vieille armoire les plans et les dessins de l'architecte qui avait construit le manoir. Grâce à ces documents, il avait pu expliquer précisément aux artisans ce qu'il souhaitait.

Le berceau de sa famille était désormais exactement comme il avait toujours rêvé de le voir. Mais le marquis ne lui fit pas un seul petit compliment. Il se contenta de dire:

— Cette bibliothèque me plaît. Je crois que c'est là que je me tiendrai le plus souvent.

Le majordome, qui les avait suivis, déclara:

— C'était ce que pensait M. Dalton, milord. Il a demandé que l'on y mette ce bureau, et vous trouverez un petit bar dans ce placard.

Il alla l'ouvrir, découvrant de nombreuses bouteilles, des verres en cristal et un seau à glace en argent.

— Milord aimerait-il une coupe de champagne? proposa-t-il.

— Bonne idée... Jarvis, je crois?

Le majordome s'inclina de nouveau.

— C'est cela, milord. Jarvis, pour vous servir.

— Si vous n'avez plus besoin de moi pour le moment, milord, me permettez-vous de disposer ? demanda Harry avec tout le respect voulu. Il faut que j'aille jeter un dernier coup d'œil aux installations. Il me reste encore quelques détails à vérifier.

— Avez-vous pensé à dresser une petite scène au fond de la salle à manger ?

— Oui, milord.

— Eh bien, allez, Dalton. Je ne vous retiens pas.

Au prix d'un visible effort, Harry réussit à s'incliner.

« Je le déteste, se dit-il tout en se hâtant dans les couloirs. Ce qu'il peut être suffisant et autoritaire ! Quelques mots de remerciement n'auraient pas été superflus. Cela ne lui aurait pas arraché la langue ! Il ne se rend donc pas compte de tout le mal que je me suis donné ? Un autre n'aurait jamais obtenu un tel résultat en si peu de temps. »

Il eut soudain envie de rire de lui. Il n'y avait aucune raison pour que le marquis témoigne sa gratitude à un employé qui n'avait fait que son travail !

« Et j'ai eu la satisfaction de voir une maison en bien triste état retrouver sa splendeur d'antan. Pas plus mon père que mon grand-père n'avaient eu cette joie. Ah, quel dommage que ce soit un homme comme Eaglescliffe qui possède aujourd'hui le manoir de la Reine ! Il ne le mérite pas... Quant à ses invitées, je parie que l'architecture les laisse complètement froides. »

Harry poussa la porte de la salle à manger et constata que les jardiniers avaient bien apporté des fleurs comme il le leur avait demandé.

« Au travail ! se dit-il. Ces bouquets ne sont ni faits ni à faire. Maintenant qu'Eaglescliffe est là, il ne faut pas compter sur Anthea pour venir m'aider. Dommage! Il ne lui faudrait pas plus de cinq minutes pour arranger tout cela. »

Anthea avait passé l'après-midi à s'exercer sur l'épinette ayant appartenu à son arrière-grand-mère. C'était un très joli meuble mais un piètre instrument de musique. La jeune fille rêvait de posséder un jour un véritable piano.

M. Meldosio, qui en avait un, lui permettait de venir jouer chez lui aussi souvent qu'elle le désirait.

— Ce piano a déjà une vingtaine d'années, disait-il souvent avec une grimace.

— À côté de ma vieille épinette, c'est une merveille.

— Les pianos que l'on peut acheter aujourd'hui sont tout bonnement extraordinaires. C'est cela qu'il vous faudrait, mademoiselle Anthea.

— Je ne demanderais pas mieux! Mais avec quel argent l'achèterais-je?

— Ah, quel dommage que vous soyez une demoiselle de bonne famille!

— Pourquoi? avait demandé la jeune fille, sidérée.

— Parce que vous êtes une grande artiste. Si vous aviez été d'origine plus modeste, vous auriez pu vous lancer dans une carrière de concertiste ou de soliste. Les amateurs seraient venus de loin pour vous entendre... et vous auriez gagné beaucoup d'argent.

— Je ne vous crois pas, monsieur Meldosio. Je ne joue pas aussi bien que vous.

Le vieil Italien avait réfléchi pendant quelques instants.

— Votre technique n'est peut-être pas au niveau de la mienne. Mais la technique peut se travailler. En revanche, vous possédez ce don qui ne peut pas être enseigné.

— C'est-à-dire ?
— Vous jouez avec votre cœur, mademoiselle Anthea. C'est le plus important.

Il avait froncé les sourcils avant de reprendre :

— Avec votre cœur ? Non. Avec votre âme. Vous avez un toucher presque divin, ce qui est très, très rare.

La jeune fille avait éclaté de rire.

— Ne dites pas de choses pareilles, vous allez me rendre vaniteuse.

Les compliments de M. Meldosio la laissaient complètement froide.

« Je ne crois pas un mot de ce qu'il raconte. Mais tout le monde sait que les Italiens sont de grands flatteurs et ont tendance à tout exagérer. »

En fin d'après-midi, Anthea abandonna son épinette et commença à se préparer. Nanny avait repassé son unique tenue habillée : une robe en mousseline blanche agrémentée de quelques volants et d'une ceinture en satin bleu.

Tout en brossant les boucles blondes de la jeune fille, Nanny hochait la tête en grommelant des paroles inaudibles.

— Que dites-vous ? demanda Anthea.
— Je dis que cela ne me plaît pas du tout que vous alliez au manoir !
— Il faut bien que je remplace M. Meldosio, sinon Harry aurait de gros ennuis. C'est que le marquis n'est pas commode !
— Le marquis, oui ! Cette espèce de débauché, marmonna Nanny.

Anthea surprit le regard soucieux de la vieille femme dans la glace de sa coiffeuse.

— Je n'ai rien à craindre, puisque vous serez là, Nanny ! s'exclama-t-elle d'un ton léger.

— Oui, mais je ne pourrai malheureusement pas vous suivre partout ! Il faudra que je reste dans la salle à manger des domestiques. C'est bien ce qui m'inquiète.

— Ce qui m'inquiète, moi, c'est que vous allez avoir l'occasion de bavarder avec tous les serviteurs.

Nanny parut choquée.

— Vous voudriez que je reste toute seule dans un coin ?

— Non, bien sûr. Mais faites très attention à ce que vous direz, Nanny ! Personne ne doit se douter que M. Dalton est en réalité lord de Colnbrooke, le précédent propriétaire du manoir de la Reine. Si le marquis l'apprenait, ce serait dramatique !

— Croyez-vous ? Que se passerait-il ?

— Harry ne pourrait plus continuer à travailler pur lui.

Nanny soupira.

— Ne vous inquiétez pas, mademoiselle Anthea, je saurai être discrète.

Elle secoua sa tête grise coiffée d'un bonnet en broderie anglaise avant d'ajouter :

— Ah, quelle honte que M. Harry ait dû vendre sa maison ! C'est là qu'il devrait vivre avec sa femme et ses enfants !

« Malheureusement, mon frère n'a pas plus de femme ou d'enfants... que de maison », pensa la jeune fille.

Harry les rejoignit sur ces entrefaites.

— Tu as bien compris, Anthea, n'est-ce pas ?

— Mais oui !

— Récapitulons ! Pendant le dîner, tu joueras dans la galerie qui surplombe la salle à manger. Au moment du dessert, tu descendras sans te faire remarquer et tu iras t'installer au piano qui se trouve dans un coin de la scène, dissimulé par des gerbes et des draperies. Personne ne pourra te voir. Quant à toi, tu apercevras les têtes des danseuses lorsqu'elles prendront leurs «poses plastiques».

Anthea parut très déçue.

— Juste les têtes?

— Tu n'as pas besoin d'en voir davantage. Cela devrait te suffire pour savoir à quel moment tu dois commencer à jouer et à quel moment tu dois arrêter. Inutile de regarder de plus près.

— Dommage! J'aurais bien aimé admirer le spectacle.

Craignant que celui-ci ne soit un peu trop suggestif, c'était à dessein que Harry avait mis une sorte d'écran entre le piano et la scène.

Anthea avait lu dans les journaux des articles au sujet des poses que prenait la belle lady Hamilton devant lord Nelson ainsi que devant le roi et la reine de Naples. Et elle s'imaginait que Lottie Vernon et ses amies faisaient exactement la même chose. Elle était bien loin d'imaginer que des danseuses pouvaient se produire dans le plus simple appareil, à peine cachées par un voile transparent ou une guirlande de fleurs.

— Pourvu que tout se passe bien! soupira Harry.

— Mais oui, il n'y a aucune raison pour que les choses aillent de travers. Cesse donc de t'inquiéter à propos de tout et de rien!

Voyant qu'il paraissait toujours inquiet, sa sœur se mit en devoir de le rassurer:

— Tu sais, je suis assez grande pour savoir me conduire correctement. Au lieu de te faire autant de souci pour moi – ce qui est bien inutile –, tu ferais mieux d'aller vérifier si tout est au point au manoir.

Harry rejeta ses cheveux en arrière dans un geste machinal.

— En effet. Il faut que je passe aux écuries. Nous attendons je ne sais combien de voitures et de chevaux. Or je crains de ne pas avoir suffisamment de palefreniers. Quant au responsable que j'ai dû engager en catastrophe, je me demande s'il est à la hauteur.

— Cesse donc de t'inquiéter à propos de tout et de rien, répéta Anthea. De toute manière, le marquis ne peut pas s'attendre à ce que l'organisation soit parfaite dès le premier jour!

— Justement, si, il veut la perfection. Et si tu crois qu'il se donne la peine de témoigner sa satisfaction! J'aurais pensé qu'il allait être content de tout ce que j'ai fait. Eh bien, je n'ai pas eu droit à un seul petit compliment.

— Après tout le mal que tu t'es donné?

Harry haussa les épaules.

— À son arrivée, il semblait de très mauvaise humeur. J'ai eu l'impression qu'il examinait tout d'un œil critique. On aurait cru qu'il cherchait ce qui clochait...

— Il t'a fait des remarques désagréables?

— Non, pour la bonne raison qu'il n'a rien trouvé à me reprocher. Mais si cela avait été le cas, il n'aurait certainement pas hésité à m'éreinter.

Il pinça les lèvres.

— Enfin, tâche de faire de ton mieux ce soir, Anthea.

— Comme tu sembles énervé!

— Je le suis. Je t'assure que s'il y avait un problème quelconque, je n'hésiterais pas à présenter ma démission à Eaglescliffe. Cela me ferait très plaisir de lui dire ce que je pense de lui et de son comportement.

— Oh, non, Harry! Je t'en prie, calme-toi! Tu regretterais tant de ne plus pouvoir t'occuper du manoir de la Reine. Aimerais-tu voir quelqu'un d'autre à ta place?

Un brusque sourire illumina le visage du jeune homme.

— Non. Tu as raison. Je vais tâcher de me montrer patient. Et quand je me sentirai sur le point d'exploser, je n'aurai qu'à me souvenir qu'Eaglescliffe partira lundi et que nous ne le reverrons pas avant quinze jours ou peut-être même un mois.

— Tu vois bien! S'il ne vient pas souvent, cela vaut la peine de faire un effort lorsqu'il est là.

Il faisait encore jour quand Anthea et Nanny pénétrèrent dans le parc du manoir de la Reine par une porte de côté. Cela leur permit de traverser les jardins sans passer par les allées principales.

— Cela vaut mieux, fit Nanny. Cela nous évitera d'être vues.

Anthea haussa les épaules.

— Comme si nous avions besoin de nous cacher! Nous n'allons rien faire d'inavouable, bien au contraire!

Au lieu de répondre, Nanny se contenta de grommeler des paroles indistinctes. Agacée, la jeune fille ne jugea pas utile de lui demander de répéter.

Elles passèrent par l'office où régnait une activité fébrile. Jamais Anthea n'avait vu autant de monde dans ces grandes salles carrelées de dalles rouges. Sur les tables s'entassaient des monceaux de victuailles. Le cuisinier, vêtu d'une blouse blanche et d'une haute toque, donnait des ordres à toute une armée de marmitons dans un anglais teinté d'un fort accent français.

Personne ne parut les remarquer pendant qu'elles traversaient les cuisines pour se rendre dans la salle à manger réservée aux domestiques. La femme de charge, qui les attendait, les accueillit en souriant.

— M. Dalton m'a demandé de vous conduire dans la galerie, dit-elle à Anthea. Je suis navrée d'apprendre que votre père s'est blessé.

La jeune fille, qui ignorait qu'elle était censée être la fille de M. Meldosio, entra immédiatement dans le jeu :

— Il est lui-même désolé. Il était tellement heureux de pouvoir jouer pour milord. J'espère pouvoir être en mesure de le remplacer. Mais je vous en prie : ne vous donnez pas la peine de me conduire jusqu'à la salle à manger : je connais cette maison.

— Très bien, je vous laisse aller là-bas seule. Et pendant ce temps, je vais m'occuper de votre grand-mère.

« Me voilà avec toute une nouvelle famille », se dit Anthea, amusée.

La femme de charge se tourna vers Nanny.

— Avez-vous dîné, madame ? demanda-t-elle.

Nanny, qui avait mangé un peu de soupe avant de partir, n'allait certainement pas laisser passer l'occasion de faire un bon repas !

— Justement, non. Je n'en ai pas eu le temps.

En dissimulant un sourire, Anthea posa la cape en velours bleu nuit qui avait appartenu à sa mère sur une chaise.

— À tout à l'heure ! lança-t-elle avant de s'éclipser sur la pointe des pieds.

Elle courut jusqu'à la salle à manger où des valets en livrée et perruque poudrée mettaient une dernière touche à la table étincelante de cristaux et d'argenterie. Ils étaient tellement affairés qu'ils ne la virent pas gravir l'escalier menant à la galerie qui surplombait la pièce.

Un magnifique piano à queue l'attendait. Le cœur battant, elle effleura du bout des doigts les touches d'ivoire et d'ébène.

« Je comprends maintenant ce que veut dire M. Meldosio quand il prétend que les pianos deviennent de plus en plus perfectionnés ! »

Elle alla s'accouder à la balustrade et contempla le ballet des valets qui, maintenant, allumaient les bougies fichées dans les candélabres d'or. Puis son regard se posa sur le Rubens qui surmontait la cheminée. Il y avait aussi un Rembrandt et un autre tableau qu'elle ne pouvait pas bien apercevoir de l'endroit où elle se trouvait, mais qui devait être un Van Dyck.

« Lorsque je suis venue m'occuper des bouquets, ces toiles n'avaient pas encore été accrochées. Harry aurait dû m'en parler! Il sait combien j'aime la peinture. Je serais venue admirer tout cela. »

Elle haussa les épaules.

« Mon frère est bizarre, par moments. Il s'est mis dans la tête que je ne devais à aucun prix rencontrer le marquis... Il le dépeint comme une espèce d'ogre. C'est d'un ridicule achevé! »

Elle était en train de compter les couverts quand un valet en ôta un. Au lieu des vingt-quatre convives prévus, il n'y en aurait donc que vingt-trois ce soir?

« Qui a déclaré forfait? se demanda Anthea avec curiosité. Un homme? Une femme? Quoi qu'il en soit, le marquis ne doit pas être content, lui qui tient à ce que tout se déroule précisément selon ses plans. »

La jeune fille quitta son poste d'observation et alla s'installer devant le grand piano. Et dès que ses doigts se mirent à courir sur les touches, elle oublia tout ce qui l'entourait.

3

Harry avait demandé à un valet de prévenir la pianiste de descendre s'installer sur la scène au moment du dessert. Il avait bien fait ! Car la jeune fille était tellement emportée par la musique qui naissait sous ses doigts qu'elle avait complètement perdu la notion du temps.

Ce piano était exceptionnel ! Jamais elle n'aurait pu imaginer qu'il existait des instruments d'une telle qualité. Ah, que n'aurait-elle donné pour en posséder un semblable !

Elle sursauta lorsqu'un valet se pencha vers elle.

— Nous sommes sur le point de servir le dessert, mademoiselle, chuchota-t-il.

Brusquement ramenée à l'instant présent, elle regarda autour d'elle d'un air égaré. Comment avait-elle pu oublier l'endroit où elle se trouvait ? Comment avait-elle réussi à faire abstraction du brouhaha des voix, ponctué par des rires féminins aigus ?

Elle adressa un sourire au domestique.

— Merci.

Le piano qui se trouvait sur la scène était-il aussi bon que celui-ci ? C'était tout ce qu'elle espérait en cet instant.

À regret, elle abandonna son tabouret. Mais, avant de descendre, elle se permit d'aller jeter un coup d'œil par-dessus la balustrade. Combien de fois, lorsqu'elle était enfant et que ses parents recevaient, ne s'était-elle pas glissée ici en cachette ? Alors que sa Nanny la croyait au lit, paisiblement endormie, elle restait là longtemps, éblouie par les lumières des lustres qui faisaient étinceler les bijoux des jolies femmes.

Elle devait cependant reconnaître que les invités de ses parents ne faisaient jamais autant de bruit que ceux de Brian d'Eaglescliffe ! Les conversations étaient beaucoup plus posées. Et si, par hasard, quelqu'un s'avisait de rire, cela restait fort discret.

« Pourquoi les amis du marquis font-ils un tel tapage ? » se demanda-t-elle avec étonnement.

C'était... vulgaire. Et pourtant, Brian d'Eaglescliffe n'avait pas du tout l'air vulgaire ! Assis au bout de la table sur un siège sculpté qui ressemblait à un trône, un sourire cynique aux lèvres, il examinait d'un air détaché, presque méprisant, tous ceux qui l'entouraient. Des messieurs en habit du soir, des femmes en robes de toutes les couleurs de l'arc-en-ciel, couvertes de bijoux, et si largement décolletées qu'Anthea en fut choquée.

« C'est parce que je me trouve au-dessus d'elles », pensa-t-elle.

Soit ! Mais les messieurs qui se trouvaient à côté de ces dames pouvaient eux aussi avoir une vue plongeante sur ce qu'elles exposaient aussi libéralement.

Et comme elles étaient fardées ! Du rouge sur les joues ou les lèvres, du vert ou du bleu irisé sur les paupières...

« Une vraie palette ! » se dit la jeune fille, sidérée.

Elle leur chercha aussitôt des excuses :

« Il ne faut pas oublier que ce sont des actrices ou des danseuses. Elles sont obligées de rehausser leurs traits lorsqu'elles se produisent sur scène. Peut-être se sentent-elles déshabillées lorsqu'elles ne sont pas poudrées ? »

De toute manière, elle ne pouvait pas se permettre de juger des femmes qu'elle ne connaissait pas.

« Que sais-je de Londres et du monde du théâtre ? se demanda-t-elle. Je ne suis qu'une petite provinciale ignorante. Beaucoup de choses me dépassent. »

Au lieu d'observer le marquis et ses amis – alors que, justement, son frère l'avait instamment priée de ne leur prêter aucune attention –, elle ferait beaucoup mieux de descendre s'installer discrètement à l'autre piano.

L'escalier était plongé dans la pénombre, tout comme la scène, si bien que personne ne la remarqua. Ravie, elle constata que le second piano était exactement semblable au premier.

« J'ai de la chance, ce soir », pensa-t-elle.

Et elle se mit à jouer en sourdine, comme elle l'avait fait en haut. Curieusement, l'image du marquis ne cessait de s'imposer à elle. Avec son teint mat, ses cheveux sombres, son front haut, son nez légèrement aquilin et son menton volontaire, c'était, il fallait le reconnaître, un très bel homme.

Elle se souvint que Charlie Torrington avait dit un jour dans un éclat de rire :

— Il a l'air d'un aigle. C'est d'ailleurs son surnom ! Un surnom qui lui va comme un gant.

— Qui l'a baptisé ainsi ? avait demandé la jeune fille.

— Son père, alors qu'il était tout enfant. Et lorsque l'un de ses chevaux remporte une course, tous les spectateurs se lèvent pour l'applaudir en criant : « Eaglescliffe ! *Eagle* ! Aigle, Aigle ! »

Les lumières ramenèrent soudain Anthea à l'instant présent. Des valets étaient en train d'allumer les bougies qui étaient disposées sur l'estrade. Puis quelques applaudissements retentirent.

Que se passait-il ? La jeune fille aurait été bien incapable de le dire car elle n'y voyait rien. Outre les draperies et les plantes, le grand piano était ouvert, si bien qu'il y avait une sorte d'écran entre elle et le public.

« Cela m'aurait pourtant bien arrangée de suivre les mouvements des danseuses, se dit-elle avec agacement. Comment Harry veut-il que je les accompagne convenablement si je ne sais même pas ce qu'elles font ? »

Elle aperçut soudain une tête brune à quelques pas d'elle. La danseuse leva un bras nu potelé en faisant onduler une longue écharpe de soie rose. Comprenant que le spectacle venait de commencer, Anthea se mit à jouer plus fort, d'une manière plus rythmée.

De nouveau, des applaudissements retentirent. Puis la tête disparut.

« Elle a dû terminer son numéro, pensa la jeune pianiste. Ah, c'est commode de se mettre au diapason dans de pareilles conditions ! »

Une autre tête se montra. Cette fois, il s'agissait d'une rousse dont les cheveux étaient ornés d'une guirlande de fleurs écarlates.

« Rouge et roux ! se dit Anthea. Quelle épouvantable association de couleurs ! »

Un crépitement d'applaudissements monta, mêlé de gros rires.

— Bravo ! lança une voix d'homme.

Qui avait crié ce « bravo » ? Anthea était sûre que ce n'était pas le marquis. Même si le spectacle était bon, il n'était pas homme à témoigner son enthousiasme. Elle l'imaginait un peu à l'écart, observant ses hôtes en silence avec – toujours –, ce sourire cynique aux lèvres.

« Pauvre Harry ! pensa la jeune fille. Ce n'est pas facile de travailler pour un homme aussi difficile que Brian d'Eaglescliffe. Quel personnage antipathique ! »

Une soudaine colère la gagna.

« Quand je pense qu'il ne s'est même pas donné la peine de remercier mon frère pour avoir restauré le manoir de la Reine aussi vite et aussi bien ! Il ne se rend donc même pas compte du travail accompli ? Qui d'autre aurait été capable de mener une telle tâche avec une telle maestria ? Personne. »

Tout en continuant à jouer pour la blonde qui venait de se matérialiser dans son champ de vision, elle se dit que, au lieu de critiquer le marquis, elle ferait mieux de lui être reconnaissante.

Après tout, c'était bien grâce à ses capitaux que Harry avait pu remettre en état les fermes et les cottages du village laissés depuis bien longtemps à l'abandon. C'était aussi grâce à l'argent que Harry avait obtenu de la vente du manoir qu'ils avaient enfin réussi à payer toutes les dettes de leur père. Il leur était même resté de quoi moderniser la maison des douairières.

Et maintenant, grâce à l'excellent salaire que touchait son frère, ils pouvaient vivre largement. Quelle différence pour eux qui se trouvaient encore, quelques mois auparavant, pratiquement réduits à la misère !

Oui, elle aurait dû éprouver une certaine gratitude envers le marquis. Mais, curieusement, elle en était incapable.

La blonde devait prendre des poses très réussies, car elle était encore plus applaudie que les autres. Quelques remarques fusèrent, entrecoupées de rires.

« Que disent-ils ? se demanda la jeune fille. Je ne comprends pas. Pourtant, ils parlent anglais. Il faut croire qu'il y a des mots que j'ignore. »

Les danseuses posèrent ensuite en groupe, ce qui déclencha presque une émeute parmi les spectateurs.

« J'aimerais bien savoir ce qu'elles font pour susciter un pareil enthousiasme, se dit Anthea. C'est vraiment agaçant de ne pas avoir un petit aperçu de ce qui se passe sur scène. »

Elle comprit que les danseuses venaient de quitter la pièce. Mais comme elle ne pouvait pas arrêter de jouer brusquement, elle continua pendant cinq ou dix minutes.

À regret, elle plaqua un dernier accord, se leva et contempla le grand piano en soupirant. Elle n'aurait pas, de sitôt, l'occasion de laisser ses doigts courir sur le clavier d'un instrument aussi exceptionnel ! Oui, que ne donnerait-elle pas pour pouvoir en posséder un comme celui-ci !

Un valet arriva sur ces entrefaites.

— Milord demande que vous jouiez maintenant dans le salon de musique.

La jeune fille, qui était loin de s'attendre à une pareille requête, ne sut que répondre.

— Ce... ce n'est pas possible, murmura-t-elle enfin.

Le salon de musique donnait sur le grand salon, et l'on avait certainement ouvert les portes à double battant qui séparaient ces deux pièces. Or son frère avait été formel : elle ne devait à aucun prix se mêler aux invités du marquis.

Elle se mordit la lèvre inférieure presque au sang. Que faire ? Elle crut trouver la solution :

— Pouvez-vous dire à milord que j'étais déjà partie quand vous êtes venue me chercher ?

Comme le valet hésitait, elle insista :

— Je vous en prie ! Dites à milord que j'étais déjà partie et que vous...

— Pourquoi mentir, alors que vous êtes toujours là, coupa une voix aussi coupante que l'acier, et en même temps aussi douce que le velours.

La jeune fille retint sa respiration en voyant le marquis à quelques pas d'elle. Le valet en profita pour s'éclipser, les laissant seuls.

« Mon frère serait furieux s'il me voyait en ce moment, pensa confusément Anthéa. Lui qui ne voulait à aucun prix que je rencontre le marquis ! »

Ce dernier fronçait les sourcils. Et sous son regard scrutateur, Anthea se sentit soudain horriblement mal à l'aise. Un silence s'éternisa.

— Je croyais que la personne qui devait jouer ce soir était un homme, déclara enfin Brian d'Eaglescliffe. Un certain Meldosio.

— C'était... c'était en effet M. Meldosio qui avait été engagé par... par M. Dalton. Mais M. Meldosio s'est malencontreusement blessé à la main. Il lui était donc impossible de jouer et j'ai été obligée de prendre sa place.

— Qui êtes-vous ?

— Anthea... Meldosio.

— La fille du pianiste ?

— Euh... c'est cela.

— Permettez-moi de vous complimenter, mademoiselle Meldosio. Vous jouez divinement.

Avec un dédain manifeste, il poursuivit :

— Jamais je n'aurais pensé une femme capable d'exprimer autant de choses en musique.

— Merci, milord.

Elle fit la révérence avant d'ajouter :

— Et maintenant, je dois rentrer.

— Non, mademoiselle Meldosio. Grâce à vous, cette soirée a été beaucoup plus réussie que je ne l'escomptais. Vous allez donc continuer à jouer dans...

— Milord... commença-t-elle d'une voix suppliante.

Il ne la laissa pas en dire davantage.

— Vous allez donc continuer à jouer dans le salon de musique, reprit-il. Vous y trouverez un autre piano.

Trois pianos dans une demeure qui n'allait être que très rarement occupée ! La vie était par trop injuste !

— Je suis désolée, milord, mais...

La jeune fille leva les yeux vers le marquis et les mots moururent sur ses lèvres. Car si elle refusait d'obtempérer aux ordres du nouveau propriétaire du manoir de la Reine, Harry risquait d'en pâtir.

— J'y tiens, déclara-t-il avec autorité, en homme habitué à être obéi.

Elle baissa la tête.

— Bien, milord, murmura-t-elle enfin, vaincue.

Il esquissa un sourire ironique.

— J'ai l'impression que vous ne souhaitez pas être vue.

Comment avait-il pu deviner cela ?

— En ce moment, mes amis sont en train de boire un cognac ou un porto tout en fumant un cigare, tandis que ces dames sont allées se repoudrer en haut, poursuivit-il. C'est le moment de courir vous installer au clavier sans vous faire remarquer.

— Bien, milord, répéta-t-elle.

Elle refit une petite révérence avant de s'éloigner presque au pas de course. Elle se sentait prise au piège. Le marquis lui faisait peur. Et elle avait peur, aussi, de la réaction de Harry lorsqu'il apprendrait ce qui s'était passé.

Il n'y avait encore personne dans le grand salon, à l'exception de deux valets qui arrangeaient les tables de bridge. Comme elle l'avait deviné, les portes donnant sur le salon de musique étaient ouvertes. Le piano était placé près d'une fenêtre donnant sur la roseraie. Avec soulagement, elle constata qu'il était déjà ouvert, ce qui la dissimulerait un peu aux yeux des amis du marquis.

Avisant deux grands vases chinois pleins de fleurs, elle demanda à l'un des valets de les transporter devant le piano, de manière à faire écran.

À peine s'était-elle installée que les femmes qui avaient pris des « poses plastiques » sur scène arrivèrent au salon. Aussitôt, elle se mit à jouer. Sans remarquer sa présence, les danseuses continuèrent à bavarder.

Si Anthea ne pouvait pas les voir, elle les entendait. Comme leurs voix étaient vulgaires ! Elle n'en revenait pas.

L'une d'elles laissa échapper un rire aigu avant de s'exclamer :

— Ah, il faut que je vous raconte de quelle manière j'ai réussi à accrocher Graham. Je ne suis pas peu fière de moi ! Il est venu me trouver. « Dolly, comment réussir à supplanter Shelgrave dans votre cœur ? Je suis prêt à vous offrir un plus bel équipage que celui qu'il vous a donné. »

Les autres s'esclaffèrent.

— Qu'as-tu répondu ?

— J'ai fait la grimace. « Un équipage ? C'est tout ? » Alors Graham a fait monter les enchères : « En plus de l'équipage, un bracelet pour ce joli poignet, peut-être ? » J'ai fait mine de réfléchir. « Un bracelet ? Ah, mon ami, c'est que ça dépend du bracelet. »

— Tu ne perds pas le nord, toi !

— Ah, jamais ! « Que diriez-vous de diamants ? » a-t-il proposé.

Le rire aigu de la danseuse résonna de nouveau.

— Vous savez ce que j'ai répondu ? « Des diamants, ma foi, oui. À condition qu'ils soient bien gros. Ajoutez-y un collier et des boucles d'oreilles, en diamants aussi, et je suis à vous, mon ami ! »

— Bravo !

— En voilà une qui sait se débrouiller dans la vie !

« Quelle étrange conversation », pensa Anthea sans cesser de jouer.

Tout cela lui paraissait fort mystérieux.

« Je suppose que ce Graham est très riche. Ce n'est pas Harry qui pourrait offrir à une actrice un équipage ou des bijoux ! »

Les messieurs ne tardèrent pas à rejoindre les dames au salon, et tout le monde s'installa autour des tables de bridge. Anthea n'était guère au courant de la vie que l'on menait à Londres, mais elle savait que le jeu y était à l'honneur. On racontait que certaines personnes misaient des sommes énormes sur les tapis verts.

« Jouer aux cartes, soit ! pensa-t-elle. Mais jouer pour de l'argent, quelle horreur ! »

Comme personne ne faisait attention à elle, la jeune fille fut, l'espace d'un instant, tentée de s'éclipser. Mais elle renonça vite à son intention en revoyant le visage autoritaire du marquis, elle crut même entendre sa voix :

— J'y tiens.

Alors elle continua à jouer. En dépit de l'heure qui passait... Nanny devait s'inquiéter. Son frère aussi. Mais que pouvait-elle faire ? Oui, elle était bel et bien piégée.

Elle laissa échapper un petit soupir, tandis que sous ses doigts naissaient des mélodies de son invention.

C'était au gré de sa fantaisie qu'elle improvisait, réussissant à traduire mille émotions, mille impressions. Par exemple, celles qu'elle ressentait en se promenant dans les bois à cheval. Que ce soit très tôt le matin, quand la rosée perlait encore au bout des brins d'herbe, ou en plein après-midi, lorsque le soleil pesait sur les champs et que les oiseaux s'égosillaient dans les haies vives. Les yeux clos, elle recréait en musique le ciel bleu, le bruissement du vent dans les feuilles, le chant du rossignol ou les premières étoiles qui scintillaient au firmament.

Se sentant observée, elle souleva les paupières et tressaillit en voyant le marquis accoudé au grand piano. Depuis combien de temps était-il là ? Elle se rendit compte que tous les invités avaient quitté le salon sans qu'elle s'en aperçoive, tant elle était absorbée par son rêve.

Elle cessa brusquement de jouer.

— Anthea ?

Leurs regards se rencontrèrent, s'accrochèrent... Le cœur battant à tout rompre, la jeune fille se sentit devenir écarlate.

— Qui vous a appris à jouer ainsi ? demanda Brian.

— Ma mère. Et... euh, M. Meldosio.

— Ce sont les œuvres de votre père que vous interprétez ?

— Non. J'invente... J'essaie de reproduire les sons que j'entends quand je me promène à cheval dans les bois. Ceux que l'on ne peut saisir que très tôt le matin, ou au cœur de la nuit. Chaque heure de la journée a sa musique.

Il hocha la tête.

— Vous avez raison. Chaque heure de la journée a sa musique, répéta-t-il d'un ton rêveur.

La jeune fille était stupéfaite. Cet homme qu'elle prenait pour un être insensible pouvait donc comprendre cela ?

De nouveau, leurs regards se rencontrèrent. Et de nouveau, elle rougit. Mal à l'aise, elle détourna la tête.

— Tout le monde est parti ? demanda-t-elle en se levant. Je peux rentrer chez moi, maintenant ?

— Bien sûr. Mais avant cela, venez avec moi.

Il lui prit la main et l'entraîna vers le hall. Que pouvait-elle faire, sinon le suivre ? Ensemble, ils gravirent le grand escalier ciré qui brillait comme jamais.

Que voulait donc lui montrer le marquis ? Un autre piano, peut-être ?

Il l'emmena dans sa chambre. Celle qui, autrefois, avait été celle du défunt lord de Colnbrooke.

Des bougies fichées dans deux superbes candélabres en or éclairaient le grand lit à baldaquin drapé de rideaux en velours pourpre. Plus gênée que jamais, Anthea marqua un mouvement de recul.

« Il n'est pas correct qu'une jeune fille aille dans la chambre d'un monsieur », pensa-t-elle confusément.

De somptueux tapis persans étaient jetés sur le parquet. Quant aux meubles ou aux tableaux, ils devaient venir de la famille du marquis. Dans les deux vases en porcelaine de Sèvres placés sur la cheminée s'épanouissaient des lys blancs dont le parfum monta jusqu'aux narines d'Anthea.

Pourquoi Brian d'Eaglescliffe l'avait-il conduite ici ? Cela ne se faisait pas. Mais peut-être s'attendait-il à ce qu'elle le complimente pour le décor ?

— C'est très joli, se sentit-elle obligée de déclarer.

— Vous aussi, vous êtes très jolie.

Sur ces mots, il l'enlaça.

— Oui, vous êtes si jolie ! répéta-t-il. De plus, votre musique a réussi à me transporter dans un monde que je connaissais déjà, mais que je ne pensais pas pouvoir partager un jour avec qui que ce soit.

Il plongea son regard dans celui de la jeune fille avant d'ajouter à mi-voix :

— Vous êtes une personne exceptionnelle, mademoiselle Meldosio.

La stupeur de la jeune fille était telle qu'elle était incapable d'esquisser un geste, de prononcer une parole.

— Anthea... murmura-t-il en resserrant son étreinte.

— Milord, je...

Il lui coupa la parole :

— Dans certains cas, les mots sont inutiles. Il existe d'autres manières d'exprimer ce que l'on ressent.

Sur ces mots, il lui prit les lèvres. Jamais personne n'avait embrassé ainsi Anthea! Elle savait, au fond d'elle-même, qu'elle aurait dû protester, se débattre... Mais elle demeurait immobile, comme paralysée, tandis que les battements de son cœur s'affolaient. Le baiser du marquis, tout d'abord très tendre, devint plus passionné. Intensément troublée, la jeune fille se sentit envahie par une étrange langueur.

Lorsque Brian d'Eaglescliffe releva la tête, la raison revint à la jeune fille et elle le repoussa de toutes ses forces.

Il laissa échapper un rire léger.

— Voyons, Anthea ! fit-il d'un ton amusé où perçait cependant un léger reproche.

Quand il lui effleura les seins sous la mousseline de sa robe, elle sursauta. Cette caresse à peine perceptible lui avait fait l'effet d'une brûlure.

— Non ! s'écria-t-elle.

— Non ? d'une voix qui, elle aussi, était une caresse.

— Il... il ne faut pas que vous m'embrassiez. Ce... ce n'est pas bien.

Son rire léger retentit de nouveau.

— Pas bien ? Au contraire, c'était un tel délice que j'ai bien l'intention de recommencer.

— Non ! s'écria la jeune fille avec désespoir. Non, je vous en supplie ! Laissez-moi partir !

— Pourquoi ? Vous êtes adorable. Je vous offrirai tout ce que vous voulez... à condition que vous m'accompagniez partout pour jouer cette merveilleuse musique de votre invention.

Du bout des doigts, il suivit le contour des lèvres mobiles d'Anthea.

— Et de mon côté, je vous apprendrai l'amour... Car je n'ai pas l'impression que vous soyez très savante de ce côté.

— Laissez-moi !

— Allons, soyez raisonnable, Anthea ! Je ne vous veux pas de mal, bien au contraire.

Elle laissa échapper un bref sanglot.

— Vous n'allez tout de même pas pleurer ! s'exclama-t-il avec incrédulité.

— Milord...

— Je vous offrirai tout ce que vous voudrez, répéta-t-il. Tout !

La jeune fille adressa une prière muette à sa mère :

« Je vous en supplie, ma chère maman, aidez-moi ! Dites-moi comment agir pour me tirer de ce mauvais pas ! »

Sa mère était-elle à ses côtés en cet instant ? Elle l'aurait juré car, à peine l'avait-elle appelée au secours qu'elle sut ce qu'elle devait faire.

— Je... j'ai très soif, balbutia-t-elle. S'il vous plaît... pourrais-je avoir... quelque chose à boire ?

— Bien sûr. Vous avez joué longtemps. J'aurais dû penser à vous envoyer des rafraîchissements.

Il la lâcha enfin et se dirigea vers le petit salon voisin, où Harry avait certainement veillé à ce que l'on dispose tout ce qu'il fallait pour se désaltérer.

À peine avait-il disparu qu'Anthea courait vers la cheminée. Avec des doigts tremblants, elle chercha parmi les moulures le bouton grâce auquel un panneau de chêne pouvait coulisser, dégageant l'accès à tout un dédale de passages secrets où, étant enfant, elle avait si souvent joué avec son frère.

Elle se glissa hâtivement dans l'étroit couloir qui sentait le moisi et, une fois de l'autre côté, s'empressa de faire jouer le mécanisme afin de refermer le panneau. Sur l'instant, elle n'osa pas bouger, craignant de faire craquer les lattes poussiéreuses du parquet. Tout le manoir avait été restauré, mais Harry n'avait certainement pas songé à faire remettre en état les passages secrets !

Le marquis revint dans la chambre.

— Par exemple ! s'écria-t-il. Où est-elle passée ? Anthea ?

Il laissa échapper un rire léger.

— Serait-ce un jeu ?

De l'autre côté de la cloison, la jeune fille demeurait figée sur place.

Il y eut un silence.

— Anthea ?

Elle devina qu'il la cherchait partout.

— Allons, montrez-vous ! Vous savez bien que vous ne pouvez pas m'échapper.

Avec une certaine impatience, il ajouta :

— Sortez donc de votre cachette. Je vous ai apporté du champagne.

La jeune fille n'en croyait pas ses oreilles.

« Il pense vraiment qu'il suffit de m'offrir une coupe de champagne pour tout obtenir de moi ? » se demanda-t-elle avec stupeur.

— C'est incroyable ! grommela Brian. Elle n'a tout de même pas pu s'envoler puisque j'avais fermé la porte à clef !

L'indignation submergea Anthea. Quoi ? Le marquis d'Eaglescliffe avait osé l'enfermer ici ? Dans sa chambre ? Quelle honte !

Il jura.

— Apparemment, elle n'est nulle part. C'est incroyable ! Elle a disparu comme par magie.

Après avoir sonné, il alla déverrouiller la porte. Et quelques minutes plus tard, après avoir frappé un léger coup à la porte, un valet entra.

— Vous m'avez appelé, milord ?

— Oui, Haynes. Je crois que je vais me mettre au lit.

Après un silence, le marquis demanda :

— Dites-moi, pour entrer dans ma chambre, y a-t-il une autre issue que celle-ci ?

— Non, milord. À moins que vous ne passiez par le petit salon voisin.

— Par conséquent, une personne se trouvant dans cette pièce ne peut pas sortir autrement que par cette porte ou alors, en traversant le boudoir ?

Cette question parut surprendre le valet.

— Mais... oui, milord, répondit-il enfin.

— C'était bien ce que je pensais.

— Y a-t-il un problème, milord ?

— Pas du tout.

De l'autre côté du panneau, Anthea n'osait toujours pas bouger. Un peu plus tard, elle devina que le marquis se mettait au lit.

— Voulez-vous que je souffle les bougies, milord ? demanda le valet. Ou bien allez-vous lire un peu ?

— Je vais essayer de dormir. Réveillez-moi demain à sept heures et demie, comme d'habitude.

— Très bien, milord. Bonne nuit, milord.

— Bonne nuit, Haynes.

La jeune fille attendit encore un certain temps. Puis quand elle estima que Brian d'Eaglescliffe devait être endormi, elle s'éloigna sans faire de bruit.

« Heureusement que je connais ces couloirs par cœur ! » se dit-elle.

Sinon, où serait-elle maintenant ? À cette pensée, elle frissonna, en proie à une terreur rétrospective.

Elle était obligée de longer une demi-douzaine de chambres avant de pouvoir arriver au fond du couloir. Cet étroit passage donnait accès à toutes les pièces du premier étage, mais celles-ci étaient probablement occupées et elle ne tenait guère à se trouver devant l'un des invités du marquis !

Ce dernier s'était conduit de manière choquante et ses amis ne valaient probablement pas mieux. Était-ce pour cela que son frère tenait tant à ce qu'elle les évite ? La jeune fille commençait seulement à comprendre...

« Harry va être furieux quand il apprendra ce qui s'est passé. Comment puis-je le lui cacher ? C'est impossible ! Il est capable de provoquer le marquis en duel. Et à quoi cela le mènerait-il ? À rien, sinon à perdre sa place », se dit-elle, tout en continuant son chemin sur la pointe des pieds.

Était-il vraiment nécessaire de marcher à pas de loup ?

« Pas vraiment : tout le monde doit dormir maintenant », pensa-t-elle.

Comme elle se trompait ! Soudain, à quelques mètres à peine d'elle, de l'autre côté des panneaux sculptés d'une cheminée, une femme s'écria :

— Non ! C'est pas vrai !

Anthea identifia cette chambre comme étant celle « des Petits Princes ». On l'avait toujours appelée ainsi, sans que personne ne sache pourquoi.

— C'est pas vrai ! répéta la femme d'une voix grasseyante. Tu veux le tuer ?

— Il le faut bien.

Cette fois, c'était un homme qui avait parlé. Il s'exprimait d'une manière beaucoup plus cultivée.

Mais en butant sur les mots, un peu comme s'il était ivre.

Médusée, Anthea écoutait cet incroyable dialogue.

— Honnêtement, je ne vois pas d'autre solution, reprit l'homme. S'il n'est pas mort d'ici à mercredi, je perdrai une fortune. Comment veux-tu que je laisse passer une pareille occasion ?

Là-dessus, il se mit à jurer.

— Tu ne te rends pas compte ! Je me trouve dans une position désespérée. C'est au point que je crains d'être jeté en prison pour dettes.

— Toi ? fit la femme avec incrédulité.

— Moi, oui.

— Comment as-tu pu être assez stupide pour en arriver là ?

— Ne me fais pas la morale, ma belle. Tout ce que je te demande, c'est de m'aider. Et si tu réussis, je t'assure que je saurai me montrer généreux !

— Que dois-je faire ?

— Rien de plus facile, Milly ! Tu vas dans sa chambre, tu lui dis que j'ai trop bu...

Il ricana avant d'ajouter :

— Ce qui est l'entière vérité ! Donc, tu vas dans sa chambre, tu lui dis que je dors, que tu t'ennuies... et que, le sachant seul, tu viens lui tenir compagnie.

— Je veux bien, moi ! Mais s'il me met à la porte, j'aurai l'air de quoi ?

— Ne t'inquiète pas, il n'est pas homme à dire non. Tu t'arrangeras pour bien le fatiguer, et dès qu'il sera profondément endormi, tu le tueras.

— Non, mais tu rêves ! Moi, tuer un homme ? Et comment, s'il te plaît ?

Elle pouffa.

— En l'étranglant ? Si j'essaie, il se réveillera vite fait et c'est moi qui risque de me retrouver raide morte le lendemain.

— Arrête de dire des bêtises, Milly. C'est sérieux, tout ça. J'ai ici, dans le tiroir de la table de nuit, un stylet à la lame très fine, une véritable aiguille. Il suffit de planter cela dans le cœur d'un homme pour qu'il meure sur le coup. Si c'est fait proprement, on ne voit rien d'autre qu'une minuscule piqûre.

La respiration coupée, le cœur battant à tout rompre, Anthea ne perdait pas un mot de cette épouvantable conversation. Il y eut un silence. Puis Milly déclara d'un ton boudeur :

— Tu demandes beaucoup.

— Je le sais. Mais comprends-tu seulement ce que tout cela signifie pour moi ? Si Eaglescliffe meurt, son cheval ne participera pas au Derby, et c'est le mien qui remportera le premier prix.

— Tu empocheras une fortune.

— *Nous* empocherons une fortune. Et je t'assure que tu ne le regretteras pas.

De nouveau, il y eut un silence.

— Je n'ai jamais su te dire non, grommela Milly. Et pourtant, je sens que je devrais.

— Tu ne peux pas refuser. Il y va de notre avenir, de ma renommée... Tu me vois en prison ?

— Oh, non, mon chéri ! Non ! Mais imagine un peu ? Si l'on découvre que c'est moi qui ai fait le coup, je serai pendue.

— Pas de danger. Tu reviens ici avec le stylet. Personne ne pourra te soupçonner. Si, par hasard, on était interrogés, je certifierai que tu ne m'as pas quitté une seconde. Et tu diras la même chose pour moi. Nous avons un alibi parfait.

Milly soupira.

— N'empêche que ça ne me plaît guère.

— On ne fait pas toujours ce qui vous plaît dans la vie. Tu ne le sais pas encore ?

— D'accord. Mais...

— Si tu ne veux pas participer, Milly, il ne me reste plus qu'à me tirer une balle dans la tête.

— Oh, non, je t'en supplie! Ne dis pas de choses aussi horribles! Comment pourrais-je vivre sans toi?

— Alors, aide-moi. Et nous serons riches et heureux. D'accord?

— D'accord, fit-elle avec réticence.

— Va vite. Et reviens vite. Quant à moi, je vais essayer de ne pas être trop jaloux pendant que tu seras avec Eaglescliffe.

— Je t'assure qu'il n'y a aucune raison pour cela. Tu me suffis. Et si je vais le rejoindre, c'est bien parce que tu me le demandes. Tu sais parfaitement que, de moi-même, jamais je ne sauterais dans le lit du marquis.

D'un ton vertueux, elle ajouta:

— Même s'il m'offrait des diamants plus gros que ceux de la Couronne.

— Enveloppe le stylet dans ton mouchoir, cache-le dans la poche de ton peignoir, et dès qu'il est endormi...

— J'ai compris! soupira-t-elle. Embrasse-moi pour me donner du courage.

Anthea, qui se trouvait à seulement quelques mètres d'eux, se tordit les mains. Que devait-elle faire? Pendant quelques instants, elle fut tentée de fuir et d'oublier ce qu'elle venait d'entendre. Après tout, cela ne la regardait en rien! Et comment aurait-elle pu éprouver la moindre pitié pour un homme qui l'avait traitée comme l'avait fait le marquis?

Mais, alors qu'elle avait la possibilité d'empêcher un meurtre, comment pouvait-elle s'en laver les mains? C'était impossible. Par ailleurs, si Brian d'Eaglescliffe mourait, qu'adviendrait-il du domaine? Il risquait de tomber entre des mains d'un être encore plus dépravé.

En allant prévenir le marquis de ce qui se tramait, ce ne serait pas seulement lui qu'elle sauverait. Tant d'autres personnes dépendaient du nouveau propriétaire du manoir de la Reine! Les villageois, les fermiers, le maître d'école, le pasteur...

« Et même Harry et moi, pensa-t-elle. Il faut que mon frère garde sa situation. Il faut que le domaine reste prospère. »

La voix de Milly la fit sursauter.

— Embrasse-moi. Embrasse-moi très fort pour me donner du courage.

Le courage de tuer!

Anthea comprit qu'elle n'avait pas une seconde à perdre. Elle partit sur la pointe des pieds et attendit de s'être éloignée de la chambre où deux amants tramaient un meurtre épouvantable pour se mettre à courir.

Elle ne tarda pas à arriver devant la chambre du maître de maison. Elle actionna le mécanisme qui faisait coulisser le panneau permettant d'y accéder et resta dans le passage. La pièce était plongée dans l'obscurité. Seul un rayon de lune l'éclairait d'une lueur argentée. Sans hésiter, la jeune fille cria:

— Milord!

Le dormeur se réveilla immédiatement. Il se dressa dans le grand lit et regarda autour de lui.

— Milord...

— Vous! s'écria-t-il, devinant qui l'appelait.

— Écoutez-moi. C'est très grave, très important!

— Où êtes-vous donc?

— Le temps presse. Écoutez-moi bien. Une femme va venir dans votre chambre.

Anthea sentit le rouge lui monter aux joues tandis qu'elle poursuivait d'une voix hachée:

— Elle a pour mission de..., de vous séduire. Et... et lorsque vous dormirez, elle vous tuera.

— Que signifie cette histoire?

— Vous êtes en danger ! On lui a remis un stylet qu'elle vous plantera dans le cœur. On ne verra rien, sinon une piqûre imperceptible.

— Que racontez-vous là ?

— Avez-vous compris ce que je viens de vous dire ?

— Parfaitement. Mais...

— Votre vie est menacée. Vite, enfermez-vous à clef, et surtout, ne laissez personne entrer !

— Où êtes-vous ?

— J'ai fait mon devoir. Je vous ai averti. Si vous tenez à avoir la vie sauve, à vous de jouer, maintenant.

Sur ces mots, Anthea referma le panneau et se remit à courir dans les passages secrets. Elle en sortit au bout du couloir, descendit quatre à quatre un escalier de service et arriva dans la salle à manger des domestiques.

Nanny, assise dans un confortable fauteuil, dormait profondément. Dès que la jeune fille la secoua, elle entrouvrit les yeux, bâilla. Lorsqu'elle s'étira, ses jointures craquèrent.

— Oh, j'ai mal partout ! Mes vieilles douleurs...

Elle regarda autour d'elle avec étonnement. Dès qu'elle reconnut la salle à manger fraîchement repeinte, elle se souvint de tout ce qui s'était passé.

— Mademoiselle Anthea ! Eh bien, vous voilà enfin ! Et où étiez-vous passée, s'il vous plaît ? J'aimerais bien le savoir. Tout le monde est au lit depuis des heures et vous...

— Je vous raconterai tout plus tard, Nanny, fit la jeune fille en s'enveloppant de la cape en velours. Pour le moment, rentrons vite à la maison.

En grommelant, Nanny jeta sur ses épaules son châle en laine grise. Anthea l'entraîna vers une porte de côté qui donnait sur le parc.

— Pourquoi passons-nous par ici ? demanda la vieille femme.

— Pour ne déranger personne, répondit la jeune fille en marchant d'un bon pas sous les frondaisons.

— Peuh, on ne risque pas de les déranger. Ils dorment tous, vous dis-je. Les domestiques comme les maîtres. Et vous, mademoiselle Anthea, que faisiez-vous donc ? Nous devrions être rentrées depuis bien longtemps. M. Harry vous avait pourtant dit de ne pas vous attarder et au lieu de cela...

— Ce n'est pas ma faute.

— C'est ce que vous dites. J'espère que vous avez une bonne excuse ! Parce que je connais M. Harry. Il n'est pas toujours commode. Il vous avait dit de revenir tout de suite après avoir cessé de jouer. Leur prétendu spectacle s'est terminé de bonne heure. Qu'avez-vous fait entre-temps ?

— Nanny... commença la jeune fille avec lassitude.

Mais la vieille femme n'avait pas fini :

— Si, par hasard, vous êtes allée flirter avec le marquis et ses amis, je vous prédis de gros ennuis. M. Harry va être très en colère, lui qui n'était déjà pas content de vous voir remplacer M. Meldosio. Il vous avait fait mille recommandations. Pourquoi ne les avez-vous pas respectées ?

— Ce n'est pas ma faute, Nanny, répéta Anthea.

— Ce n'est pas la mienne non plus !

Toujours en colère, Nanny poursuivit :

— On se demande ce qu'une bande comme celle-là est venue faire au manoir de la Reine. Ah, vivement qu'ils retournent tous à Londres ! On n'a jamais vu de choses pareilles ici. Quelle honte ! Si vos parents pouvaient savoir ce qui se passe dans leur maison, ils se retourneraient dans leur tombe.

Elles ne tardèrent pas à arriver à la maison des douairières, cette ravissante demeure ancienne qui s'élevait juste en dehors du parc, au milieu d'un grand jardin fleuri.

La porte du bureau de Harry était entrouverte. Une seule bougie se consumait sur une crédence. Quant à « M. Dalton », il dormait profondément, affalé sur sa table de travail.

« J'ai de la chance », pensa Anthea.

Elle souffla la bougie et, très doucement, posa sa cape sur les épaules de son frère pour qu'il ne prenne pas froid. Puis elle rejoignit Nanny dans la cuisine.

— M. Harry dort dans son bureau. Mieux vaut ne pas le réveiller.

— Le pauvre ! Il est épuisé. Jamais je n'ai vu un homme travailler autant qu'il l'a fait au cours de ces derniers mois. Il s'est donné tant de mal ! Et il paraît qu'il n'a même pas eu droit à un petit merci pour sa peine.

— Il a été payé. Et largement !

— Soit ! Mais cela n'empêche pas de dire merci, s'entêta Nanny.

Jugeant inutile de poursuivre la discussion, la jeune fille en vint au sujet qui l'inquiétait :

— Inutile de lui apprendre que nous sommes rentrées très tard. Cela ne servirait à rien, sinon à l'inquiéter.

— Alors, maintenant, votre frère n'a plus le droit de savoir les bêtises que vous faites pendant la nuit ?

— Je n'ai pas fait de bêtises, Nanny.

— C'est vous qui le dites.

— Je peux compter sur vous pour rester discrète, Nanny ?

— Bon, je garderai cela pour moi, puisque vous insistez, grommela la vieille femme.

Anthea laissa échapper un soupir de soulagement.

— Merci, Nanny.

— Et maintenant, allez vite vous mettre au lit, mademoiselle Anthea. Je vous apporterai un grand verre de lait chaud dans cinq minutes.

La jeune fille s'empressa de monter dans sa chambre. Elle se déshabilla et après une rapide toilette, s'allongea entre les draps frais qui fleuraient bon la lavande.

Le marquis l'avait-il prise au sérieux ? Avait-il compris qu'il était en danger ? S'il n'avait pas jugé utile de s'enfermer à clef...

À cette pensée, elle frémit.

Car si Brian d'Eaglescliffe n'avait pas suivi ses instructions, son valet le trouverait mort le lendemain matin. Et elle serait la seule à savoir qu'il avait été assassiné. Et par qui.

4

D'ordinaire, la jeune fille se levait de bonne heure. Mais le lendemain matin, ce fut Nanny qui vint la réveiller.

— Debout, mademoiselle Anthea! s'écria-t-elle sans cérémonie en ouvrant les rideaux.

Brusquement tirée de son sommeil, la jeune fille s'étira paresseusement. En voyant que le soleil était déjà haut dans le ciel, elle s'étonna :

— Quelle heure est-il donc, Nanny?
— Dix heures du matin.
— Quoi?
— Hé, oui! Il faut que vous vous leviez si vous ne voulez pas arriver en retard à l'église.

Anthea était stupéfaite.

— Dix heures! Est-ce possible? Jamais de ma vie je ne suis restée aussi longtemps au lit!
— Évidemment, quand on commence à mener une vie dissolue et qu'on se met au lit presque à l'aube, on dort jusqu'à midi, fit Nanny avec mépris.
— Je ne mène pas une vie dissolue! protesta la jeune fille avec force.
— Vous ne m'avez pas encore raconté ce que vous avez fait hier. Je n'ai rien dit à M. Harry, comme je vous l'ai promis. N'empêche que cette histoire ne me plaît guère.

La jeune fille laissa échapper une brève exclamation. Soudain, elle était toute pâle.

— Mon Dieu! murmura-t-elle avec anxiété. Que... que s'est-il passé au manoir?

Nanny haussa les épaules.

— Que voulez-vous qu'il arrive là-bas? Rien.

Son visage n'exprimait plus que le dédain le plus intense.

— Rien! insista-t-elle. Je suppose que ces femmes de mauvaise vie venues de Londres sont toutes en train de faire la grasse matinée. Pas de danger pour qu'elles aillent à l'église un dimanche matin, elles!

Anthea demeura silencieuse. Ainsi, le pire avait été évité! Le marquis faisait toujours partie du monde des vivants. Il avait prié son valet de le réveiller à sept heures et demie. Si Haynes l'avait trouvé mort, la nouvelle aurait parcouru la région comme une traînée de poudre. Et Nanny serait forcément au courant.

— M. Harry? demanda-t-elle avec inquiétude.

— Il a dormi comme un loir. Évidemment, ce matin, il était plein de courbatures, mais c'est bien sa faute. Quelle idée de ne pas se mettre au lit!

«Le pauvre... pensa Anthea. Il attendait mon retour mais la fatigue a eu raison de lui.»

À voix haute, elle demanda:

— Où est-il?

— À son réveil, il s'est mis à pester. Puis il est monté se changer, et après avoir avalé son petit déjeuner en moins de temps qu'il n'en faut pour le dire, il est retourné travailler comme une brute. Comme d'habitude!

— Vous ne lui avez pas dit que... que nous étions rentrées un peu en retard?

— Un peu en retard!

Nanny mit ses poings sur ses hanches.

— Vous vous moquez de moi, mademoiselle Anthea. Nous sommes revenues à une heure à laquelle aucune jeune fille comme il faut ne devrait être dehors.

— Vous n'avez rien dit à mon frère ? insista la jeune fille.

— Il ne m'a pas posé de questions. Si bien que je n'ai pas été obligée de mentir, ce qui m'a grandement soulagée.

La vieille femme la regarda d'un air plein de suspicion.

— Vous aviez promis de me fournir des explications, mademoiselle Anthea ! Je les attends toujours !

— Je vous les donnerai, n'ayez crainte, Nanny. Oui, je vous les donnerai, mais plus tard !

— Pourquoi plus tard ?

— Parce que je n'ai pas le temps maintenant. Il faut que j'arrive à l'heure à l'office.

— Toujours de bonnes excuses, fit Nanny entre ses dents. Dépêchez-vous de vous préparer et de descendre prendre votre petit déjeuner.

Anthea s'empressa d'aller faire sa toilette dans la petite pièce attenante à sa chambre que son frère avait transformée en salle de bains. Une grande baignoire en cuivre trônait au centre et, chaque soir, Timothy, leur unique valet, lui montait deux seaux remplis d'eau chaude.

Timothy était leur homme à tout faire. Il se chargeait des tâches trop rudes pour Nanny dans la maison. De plus, c'était lui qui bêchait le jardin, taillait les haies, fendait les bûches, changeait les litières des quatre chevaux… etc.

La jeune fille se hâta de revêtir la robe en mousseline fleurie que lui avait récemment confectionnée Nanny. Cette toilette était d'une exquise simplicité, et les rubans en velours rose qui lui tenaient lieu de ceinture s'harmonisaient avec les petites primevères qui ornaient sa capeline.

Après avoir bu une tasse de thé et mangé un toast beurré, Anthea s'efforça de faire honneur à ses œufs brouillés crémeux à souhait. Mais en réalité, elle n'avait pas faim.

Nanny l'observait en fronçant les sourcils.

— Vous n'êtes pas vous-même, ce matin, mademoiselle Anthea. On dirait que quelque chose vous tracasse. Si vous me disiez enfin ce qui s'est passé au manoir?

Bien entendu, il lui était impossible de raconter *tout*. Aussi la jeune fille se contenta de dévoiler seulement une infime partie de cette soirée mouvementée.

— Le spectacle était terminé. Je venais de refermer le piano et je m'apprêtais à aller vous retrouver quand un valet est arrivé. « Milord voudrait que vous jouiez maintenant dans le salon de musique. » J'étais bien ennuyée. Vous pensez! Mon frère m'avait recommandé sur tous les tons de ne pas me mêler aux invités du marquis.

— M. Harry n'avait pas tort.

— J'ai donc répondu : « Vous n'avez qu'à dire à milord que je suis déjà partie. »

Nanny hocha la tête.

— Parfait!

— Mais à ce moment-là, le marquis est arrivé. « Que racontez-vous là? s'est-il exclamé. Vous êtes toujours ici et par conséquent, vous allez jouer pour nous. » J'ai protesté : « Je ne peux pas, milord, il faut que je rentre. On va m'attendre à la maison, on va s'inquiéter... »

— Il devait bien s'en moquer!

— Exactement. Il a insisté et j'ai eu peur que cela ne cause des ennuis à mon frère.

Nanny secoua la tête.

— C'était à craindre!

— N'est-ce pas ? Si je refusais de jouer un peu plus, le marquis aurait très bien pu se mettre en colère contre Harry. Songez ! Premièrement, je n'étais pas le pianiste annoncé, et deuxièmement, je refusais de me mettre au piano quand il m'en priait.

— On a vu des employés renvoyés pour moins que cela. Il est certain que vous vous trouviez dans une situation embarrassante, reconnut Nanny.

— N'est-ce pas ? J'ai vite compris qu'il n'y avait pas d'autre solution que celle d'obéir. Et je me suis rendue dans le salon de musique.

Soudain, Nanny parut horrifiée.

— Vous avez donc vu... ces femmes-là ?

— Même pas. Tous les invités de milord se trouvaient au fond du grand salon où ils jouaient gros jeu. Si vous croyez qu'ils allaient prêter la moindre attention à une petite pianiste !

Nanny hocha la tête.

— N'empêche que votre place n'était pas là-bas. Vous avez raison : mieux vaut ne pas parler de tout cela à M. Harry.

— C'était bien mon avis.

— Espérons que, la prochaine fois, M. Meldosio sera remis. Cela ne me plaît pas du tout de savoir un bébé comme vous en contact avec des gens pareils.

Anthea s'offusqua.

— Je ne suis pas un bébé, Nanny !

— Oh, si !

La vieille femme se mit à rire.

— Bien plus que vous ne le croyez, mademoiselle Anthea.

La jeune fille se dit qu'elle avait eu raison de ne pas raconter ce qui s'était *vraiment* passé à celle qui la connaissait depuis toujours. Si Nanny apprenait que le marquis l'avait emmenée dans sa chambre et l'avait embrassée... quel drame !

«Je suppose qu'il s'apprêtait à me faire subir les pires outrages», pensa Anthea.

Avec une pointe de vanité, elle se dit qu'elle s'était trouvée dans une situation délicate, mais qu'elle avait réussi, en fin de compte, à fort bien tirer son épingle du jeu. Nanny avait tort de la considérer comme un bébé.

Elle ne parla pas davantage de sa fuite dans les passages secrets. Ni la terrifiante conversation qu'elle avait surprise entre deux amants...

«Tout cela est fini. Le marquis est sain et sauf. Je ferais mieux d'oublier toute cette histoire!»

Malgré tout, Anthea ne pouvait s'empêcher de revivre les instants qu'elle avait passés dans les bras de Brian d'Eaglescliffe. Cela avait été si doux, si troublant... Elle avait encore le goût de ses lèvres sur les siennes. Elle sentait toujours la chaleur de son corps tout en muscles contre le sien, tout en courbes.

Elle s'efforça de se reprendre. Ce n'était pas bien de rêvasser ainsi!

— Croyez-vous que le marquis ira à l'office de ce matin, Nanny? demanda-t-elle.

— Vous voulez rire, mademoiselle Anthea?

— Mon père ne l'aurait manqué pour rien au monde.

— Le défunt lord de Colnbrooke était un homme respectable et respecté.

Nanny pinça les lèvres avant de poursuivre:

— Au lieu d'aller prier, ce qui leur ferait pourtant le plus grand bien, je parie que ces gens-là vont tous rester au lit.

Anthea était en même temps soulagée et déçue. Elle aurait aimé revoir le marquis. Même de loin, à l'église...

Mais si le nouveau propriétaire du manoir de la Reine la reconnaissait et lui parlait, elle risquait des ennuis. Son frère lui demanderait alors des explications qu'elle n'avait absolument aucune envie de lui fournir.

Accompagnée de Nanny, la jeune fille se rendit à l'église et, comme tous les autres dimanches, monta s'installer devant le vieil orgue poussif.

En jetant un coup d'œil dans la nef, elle s'aperçut qu'il y avait beaucoup plus de fidèles que d'habitude. Les villageois s'étaient déplacés en grand nombre, espérant avoir la chance d'apercevoir celui qui était devenu le sujet des conversations dans toute la région depuis des mois.

« Ils en seront pour leurs frais, comme dirait Nanny », pensa Anthea.

Le jeune garçon qui actionnait la soufflerie de l'orgue se mit au travail. Et elle put interpréter une petite fugue de Bach en guise d'introduction.

Le pasteur, qui était maintenant très âgé, réduisait l'office au minimum. Cette fois, il ne dura pas plus d'une demi-heure. Pendant que les villageois quittaient l'église, Anthea joua une toccata qu'elle avait apprise par cœur sur son épinette. Elle en était au finale quand les tuyaux de l'orgue laissèrent échapper une sorte de grognement, puis quelques couacs, et ce fut le silence.

— Andrew! s'écria la jeune fille.

L'adolescent chargé de la soufflerie protesta :

— Ce n'est pas moi, mademoiselle Anthea!

Blessé d'avoir été accusé à tort, il se défendait comme un beau diable :

— Je vous jure, mademoiselle Anthea, que je n'ai pas arrêté de pomper!

— C'est vrai?

— Mais oui! Voyez, je continue encore!

La jeune fille appuya sur une touche. Sans résultat.

— Ce n'est pas ma faute! s'écria encore Andrew.
— Je vous crois. Ce vieil orgue est à bout de souffle. Il ne nous reste plus qu'à appeler un réparateur.

La dernière fois que cet instrument s'était tu dans un couac, il avait fallu attendre de longs mois avant que l'homme de l'art daigne venir au village.

Anthea laissa échapper un petit soupir.

« Ah, si seulement je pouvais emprunter l'un des pianos du manoir pour accompagner les offices, en attendant que l'orgue soit remis en état! Je peux toujours demander à Harry d'en parler au marquis. »

Lorsqu'elle regagna la maison des douairières, la jeune fille trouva son frère au salon.

— Le déjeuner va être servi dans un instant, lui dit-elle. Nanny l'avait préparé ce matin et tout a été maintenu au chaud.
— Très bien, fit-il avec indifférence.
— Tu n'es pas allé à l'office aujourd'hui, lui dit-elle d'un ton de reproche.
— Comme si j'en avais eu le temps!
— Personne du manoir n'y a assisté non plus.
— Si tu crois que cela m'étonne! lança-t-il avec un rire sarcastique.
— Tout se passe bien là-bas?
— Milord ne s'est pas plaint. Remarque, je n'ai pas encore eu l'occasion de le voir aujourd'hui.

Anthea se sentit glacée.

— Il... il n'est pas souffrant, par hasard?
— Quelle idée!

Haussant les épaules, il poursuivit:

— Il paraît qu'il est allé monter à cheval de très bonne heure, tandis que tous ses invités paressaient au lit.
— Ah, bon! s'exclama la jeune fille avec soulagement.

Sa réaction parut surprendre son frère.

— Tu sais, cela n'a rien d'extraordinaire. Je suppose qu'il monte tous les jours.

Après un bref silence, il demanda :

— Tu n'as pas eu de problèmes hier ?

Anthea réussit à sourire d'un air candide.

— Pas du tout.

— Tant mieux. Qu'as-tu pensé des pianos ?

— Ils sont superbes ! Que ne donnerais-je pas pour en posséder un semblable !

— J'aurai peut-être un jour assez d'argent pour pouvoir t'en offrir un.

La jeune fille faillit lui parler de l'orgue de l'église. Après un instant de réflexion, elle jugea plus sage de se taire. Tant que le marquis serait là, Harry avait assez à faire. Mieux valait attendre lundi pour le mettre au courant de ce nouvel ennui.

Ils allèrent se mettre à table dans la jolie salle à manger donnant sur le jardin et Nanny leur servit un rosbif cuit à point, accompagné de petites pommes de terre nouvelles et de salade.

Tout en faisant honneur à ce repas aussi simple que délicieux, Harry parla des chevaux du marquis.

— Il est venu dans l'un de ces phaétons très hauts sur roues, comme on les fait maintenant. Quel dommage que tu n'aies pas pu admirer son attelage. Ah, ces quatre pur-sang parfaitement assortis ! Quelle merveille !

— Quatre pur-sang ! murmura Anthea, rêveuse.

— D'un noir d'ébène...

— Je voudrais les voir. Je pourrais me glisser discrètement jusqu'aux écuries et...

— Pas question que tu pénètres dans l'enceinte du parc tant que milord et ses invités seront là ! coupa Harry d'un ton dur. Ah, non ! N'y compte pas !

— Tu exagères. Aurais-tu déjà oublié que je suis allée au manoir hier ?

— Il l'a bien fallu, soupira-t-il. À mon corps défendant.

— Bah, tout s'est passé sans histoire! prétendit-elle.

— Peut-être. Mais je t'assure que si j'avais pu trouver une autre solution, je n'aurais pas hésité une seule seconde.

Jugeant le sujet clos, il se remit à parler des pur-sang du marquis.

— J'espère convaincre Eaglescliffe d'acheter quelques bons chevaux qu'il laisserait en permanence ici. Cela me permettrait de monter autre chose que notre vieux Matin de Printemps, notre vieille Siegrid ou encore...

— Tu ne vas pas dire de mal de Matin de Printemps ou de Siegrid!

— Non. Je suis bien content de les avoir, admit-il. Mais ces pauvres animaux ont largement l'âge d'aller au pré pour y vivre leurs dernières années.

C'était la vérité et cette fois, Anthea ne protesta pas.

Après avoir avalé la dernière bouchée de sa salade de fruits, Harry se leva.

— Bon, j'y retourne!

— Tu travailles le dimanche, maintenant?

— Quand milord est là, plutôt deux fois qu'une. Si j'en trouve le temps, je tâcherai de pousser jusqu'à la ferme de Johnson. Il m'a fait envoyer un message en disant qu'il avait des ennuis.

— Que lui arrive-t-il?

— Je n'en sais pas plus que toi. Mais si par hasard j'étais en retard ce soir, ne t'inquiète pas.

— Nanny gardera ton dîner au chaud.

— Merci.

Après le départ de son frère, Anthea aida à débarrasser la table. Puis Nanny monta se reposer, tandis que la jeune villageoise qui aidait à la cuisine faisait la vaisselle.

Quant à Anthea, elle alla cueillir des fleurs afin de renouveler les bouquets du salon. Au moment où elle disposait des branches de seringa odorant dans un vase ancien en porcelaine blanche, la porte s'ouvrit.

« La sieste de Nanny a été courte, aujourd'hui », pensa-t-elle en souriant.

Elle se retourna et son sourire mourut aussitôt sur ses lèvres. Car ce n'était pas Nanny qui venait d'entrer dans la pièce... mais le marquis d'Eaglescliffe en personne!

La respiration coupée, ses immenses yeux couleur saphir encore agrandis, la jeune fille le regarda approcher en se demandant si elle ne rêvait pas.

— Que... que voulez-vous? demanda-t-elle enfin d'une voix étranglée.

— Je viens vous remercier.

— Me... me remercier?

— Pour m'avoir sauvé la vie...

Il marqua une pause pour bien ménager ses effets avant d'ajouter:

— ... Anthea de Colnbrooke.

Elle tressaillit.

— Co... comment avez-vous deviné qui j'étais? Et co... comment avez-vous découvert que j'habitais ici?

Il eut un sourire ironique.

— Cela n'a pas été terriblement difficile. Je me suis tout d'abord rendu chez M. Meldosio, qui a paru très surpris quand j'ai demandé à voir sa fille. « Mais je n'ai pas de fille! m'a-t-il dit. Je n'ai jamais eu d'enfants! »

Cramoisie, Anthea balbutia:

— Je... j'étais loin de penser que vous alliez mener toute une enquête.

— Je tenais à retrouver celle qui m'avait rendu un énorme service. Sans vous, je serais mort!

— Je... je suis heureuse que vous soyez sain et sauf. Je n'étais pas sûre que vous alliez m'écouter et ajouter foi à mes mises en garde. J'avais très peur que vous ne négligiez mes avertissements.

Brian sourit de nouveau. Et sans le moindre cynisme, cette fois. Quand il souriait ainsi, il paraissait plus jeune, mais aussi beaucoup plus accessible.

— Sachez que vous m'avez énormément intrigué, déclara-t-il. Tout d'abord en disparaissant de cette manière spectaculaire... À ce moment-là, je me suis demandé si je ne devenais pas fou. Existiez-vous vraiment ? Ou bien avais-je rêvé tout cela ?

Le frais éclat de rire d'Anthea résonna en cascade.

— Vous m'aviez prise pour un fantôme ?

— Je ne savais plus ce que je devais penser. Lorsque vous êtes revenue pour me dire de me méfier, j'ai compris qu'il devait exister quelque part un passage secret.

Il avait donc découvert cela aussi ! Anthea, qui pensait que jamais il ne parviendrait à retrouver sa trace, dut s'appuyer à l'épinette car, soudain, ses jambes ne la portaient plus.

— Il fallait bien que je vous avertisse de ce qui se tramait contre vous, murmura-t-elle. Je ne voulais pas avoir votre mort sur la conscience.

— Vous auriez pu m'abandonner à mon sort.

— Comment aurais-je pu agir ainsi ?

— Après la manière dont je vous avais traitée, ce n'aurait été que justice.

En se souvenant que cet homme l'avait embrassée, Anthea baissa la tête, tandis que sa rougeur s'accentuait.

— Je ne sais comment vous exprimer ma gratitude, déclara Brian d'Eaglescliffe.

— Je vous en prie !

Avec un entrain forcé, la jeune fille poursuivit :
— Vous savez, n'importe qui en aurait fait autant à ma place.
— Croyez-vous ?
Évitant son regard, elle murmura :
— Il ne faut pas que vous restiez ici.
— Je tenais à vous remercier.
— M. Meldosio a eu tort de vous dire qui j'étais.
— M. Meldosio n'a pas trahi votre secret, Anthea. Il a seulement dit que M. Dalton avait engagé une pianiste pour le remplacer.
— Et il vous a donné mon nom et mon adresse ?
— Pas du tout. Il a assuré qu'il ne vous connaissait pas.
Son sourire revint, de nouveau ironique.
— Je ne l'ai pas cru, poursuivit-il. Il ment très mal… Afin d'éclaircir le mystère, j'ai décidé de retourner au manoir et d'appeler mon régisseur pour lui demander des éclaircissements. Et lorsque je suis passé près de l'église du village, j'ai entendu quelqu'un jouer de l'orgue si merveilleusement que j'ai su tout de suite que l'organiste et ma pianiste ne pouvaient faire qu'une seule et même personne. Le reste était facile !
— Comment cela ?
— Il m'a suffi d'interroger la première personne que j'ai rencontrée dans le village. « Qui tient l'orgue de l'église ? » « Mlle Anthea de Colnbrooke. » « Où habite-t-elle ? »
Anthea baissa la tête.
— Et donc c'est comme cela que vous avez réussi à me découvrir !
Elle qui s'imaginait pouvoir rester anonyme ! Il n'avait pas fallu longtemps au marquis pour découvrir son secret !
— Ce que je trouve fort étrange, reprit-il, c'est que mon régisseur, qui est intarissable sur le domaine, a soigneusement évité de m'apprendre que le précé-

dent propriétaire du manoir vivait avec sa sœur dans la maison des douairières !

La jeune fille devint très pâle.

— Je vous en supplie, retournez auprès de vos amis et oubliez tout cela ! Oubliez jusqu'à mon existence !

En quelques enjambées, il la rejoignit.

— Comment pourrais-je vous oublier, Anthea ?

— Il... il ne faut pas que vous restiez ici.

— Mais si, justement ! Car j'ai à vous parler. Si vous me proposiez de m'asseoir ?

Elle regarda autour d'elle d'un air égaré. Dans son trouble, elle avait oublié de faire preuve de la plus élémentaire politesse !

— Excusez-moi, murmura-t-elle avec gêne. J'aurais dû vous offrir un siège plus tôt. Mais je... je ne pensais pas que vous alliez rester longtemps.

— Pensiez-vous que j'allais me contenter de vous remercier en deux mots ?

— Je vous ai déjà dit que n'importe qui en aurait fait autant à ma place, répondit-elle en s'asseyant à l'extrême bord d'un canapé.

Avec aisance, Brian prit place en face d'elle et lorsqu'il croisa les jambes, ses hautes bottes cirées étincelèrent comme des miroirs dans un rayon de soleil.

— Bon ! Commençons par le commencement, déclara-t-il. Vous êtes donc Anthea de Colnbrooke ?

— Oui, admit-elle à regret.

— Quant à mon régisseur, le soi-disant Dalton, il ne serait autre que votre frère Harry, lord de Colnbrooke ?

Anthea porta la main à sa bouche en laissant échapper une exclamation atterrée. Elle était bien loin de s'attendre à ce qu'il fasse aussi vite une pareille déduction !

— Pour... pourquoi dites-vous cela ?

Avec agitation, elle enchaîna :

— Vous ne manquez pas d'imagination ! Co... comment pouvez-vous affirmer des choses pareilles ? Et, de... de toute manière, cela ne vous regarde pas.

— Mais si, cela me regarde. D'ailleurs, sachez qu'en entrant, j'ai remarqué dans le hall un portrait de... Dalton.

Vaincue, Anthea murmura :

— Il s'agit d'un portrait de mon père. À l'époque, il devait avoir à peu près le même âge que Harry.

— Votre frère lui ressemble beaucoup.

Après un long silence, la jeune fille déclara avec un visible effort :

— Charlie Torrington, qui s'est chargé de la vente du manoir, pensait que ce serait embarrassant pour Harry de vous demander de l'employer comme régisseur. Il vous a donc présenté mon frère sous... sous le nom...

Brian hocha la tête.

— De Dalton. Oh, ne vous donnez pas la peine de me fournir toutes ces explications. J'ai compris !

La jeune fille joignit les mains.

— Je vous en prie, permettez-lui de rester ! C'est avec tout son cœur qu'il a mené les travaux de restauration du manoir. Son travail le passionne et s'il devait aller vivre ailleurs, il serait très malheureux.

Le marquis réfléchissait.

— Je dois admettre que j'avais des doutes quant à l'identité véritable du soi-disant Dalton. Lui, un simple régisseur ? Honnêtement, cela m'étonnait. Mais pas un instant, jusqu'à présent, je n'ai pensé que j'employais lord de Colnbrooke lui-même ! Et pourtant, j'aurais dû le deviner. Votre frère se préoccupait tant du sort des fermiers, des retraités, des villageois... bref, de tous ceux qui vivent sur le domaine. Un employé normal se serait désintéressé de ces gens-là.

— Avant votre arrivée, le domaine était dans un bien triste état.

— J'ai pu le constater !

— Nous étions désespérés en voyant ceux qui dépendaient de nous sombrer peu à peu dans la misère. Grâce à vous, la prospérité est revenue.

— Tant mieux !

Brian regarda autour de lui.

— Vous possédez une bien jolie maison.

Craignant qu'il n'accuse son frère d'avoir employé à des fins personnelles les capitaux destinés à remettre en état le manoir ou les cottages du village, Anthea s'empressa de mettre les choses au point :

— L'argent de la vente nous a permis de payer nos dettes. Avec ce qui restait, mon frère a pu moderniser cette maison, qui était dans un état de semi-abandon. Les meubles viennent du manoir. Mais ils nous appartenaient.

— Vous prenez la défense de votre frère alors que je n'ai formulé aucune accusation.

La jeune fille rougit.

— J'ai eu peur que vous ne pensiez que, euh…

— Celui que j'ai jusqu'à présent appelé Dalton est l'homme le plus intègre que je connaisse. Mais cessons de parler de votre frère. Parlons plutôt de vous.

— De moi ? Il n'y a rien à dire. Je suis la personne la plus ordinaire du monde.

— Ce n'est pas mon avis.

Il la fixa, les yeux rétrécis.

— Je suppose que vous me haïssez parce que j'habite désormais votre maison ?

De nouveau, elle devint cramoisie.

— Pour… pourquoi dites-vous cela ?

— Tout simplement parce que, si je me trouvais dans les mêmes circonstances, je haïrais celui qui s'est installé chez moi.

— Dans les premiers temps, quand je ne vous connaissais pas encore, je vous ai détesté, c'est exact, admit la jeune fille avec sincérité. Je savais que ma réaction était irraisonnée. Après tout, vous n'aviez fait que vous rendre acquéreur d'un bien qui était à vendre !

— Vous me détestez toujours ?

— Moins, répondit-elle après avoir réfléchi pendant quelques instants.

Il laissa échapper un rire bref.

— Moins ? Ma foi, c'est déjà cela !

— Je ne vous connaissais pas, répéta-t-elle. Je vous prenais pour...

Une espèce de brute, avait-elle failli dire. Grâce au ciel, elle s'était interrompue à temps !

— Une espèce de brute ? suggéra le marquis.

Elle en demeura sans voix. Était-elle donc aussi transparente que cela ?

— Un être totalement dénué de sensibilité ? poursuivit-il.

— Un peu, avoua-t-elle avec franchise. Et puis, à mon grand étonnement, je me suis rendu compte que vous aimiez vraiment la musique.

— Ma surprise a été égale à la vôtre. Jamais, jusqu'à présent, je n'avais eu l'occasion de rencontrer une femme capable de jouer du piano comme vous l'avez fait hier.

Son regard s'évada tandis qu'il poursuivait à mi-voix :

— J'avais l'impression que vous décriviez la beauté de la nature aux alentours du manoir...

— C'est ce que je faisais ! s'écria Anthea. Oui, c'était exactement cela !

Elle le regarda avec stupeur.

— Comment avez-vous pu le deviner ?

— C'est ce que je me demande.

Il avait parlé d'un ton rêveur. Mais quelques secondes plus tard, sa voix redevint aussi coupante que d'ordinaire :

— J'ai une question précise à vous poser. Qui souhaite ma disparition ?

— J'ignore son nom.

Brian eut un geste agacé.

— Cela ne m'avance guère.

— Il était dans la chambre des Petits Princes.

Elle tressaillit.

— Mon Dieu ! Il faut que vous fassiez extrêmement attention ! Il veut que vous mouriez avant mercredi.

— Mercredi ? Pourquoi mercredi ?

— Parce qu'il veut gagner le Derby. Or les jeux sembleraient déjà faits. Il paraît que votre cheval est le grand favori. Mais si, par hasard, il ne figurait pas parmi les inscrits, ce serait le sien qui arriverait en tête.

Il n'en fallut pas davantage au marquis pour deviner de qui il s'agissait.

— Je sais maintenant qui est derrière cette tentative de meurtre ! s'exclama-t-il avec satisfaction. Quant à vous, vous n'avez aucune idée de son identité ?

— Non, pour la bonne raison que je ne connais aucun de vos invités. En revanche, je peux vous dire que la dame qui... qui était chargée de... de vous tuer s'appelle Milly.

La jeune fille se tordit les mains.

— La première tentative de... de ce monsieur a échoué, mais je doute qu'il déclare forfait. Il est aux abois ! Si son cheval ne gagne pas le Derby – et je suppose qu'une grosse somme est en jeu...

— Et comment !

— S'il ne gagne pas, reprit Anthea, il craint d'être jeté en prison pour dettes.

Brian haussa les sourcils.

— Lord Templeton ? En prison pour dettes ? fit-il avec stupeur. Eh bien, je ne savais pas qu'il en était là !

Après un silence, il déclara :

— En tout cas, si vous n'aviez pas disparu pour réapparaître de cette mystérieuse manière, Anthea, je serais mort à l'heure qu'il est.

La jeune fille frissonna.

— J'avais réussi à... à vous fuir.

Il eut la bonne grâce de paraître gêné tandis qu'elle poursuivait :

— Et je vous avoue que je ne tenais guère à revenir sur mes pas. Mais aurais-je pu laisser cette femme vous planter un stylet dans le cœur ?

— Je vous dois la vie. Comment vous remercier ? Comment puis-je vous témoigner ma reconnaissance ? Demandez-moi tout ce que vous voulez !

Elle n'hésita pas une seconde :

— Le plus grand service que vous puissiez me rendre ? Quitter cette maison et ne jamais y revenir. Oubliez que j'existe et oubliez aussi que Dalton est en réalité lord de Colnbrooke.

— Vous oublier ? Impossible.

— Il le faut ! Ah, autre chose !

— Oui ?

— Arrangez-vous pour que jamais Harry ne sache que je suis restée beaucoup plus tard que prévu au manoir. J'étais censée jouer seulement pendant le dîner et le spectacle. Certainement pas après.

— Il n'aurait pas approuvé cela ?

— Oh, non ! Il serait furieux s'il apprenait que j'ai eu le moindre contact avec vous et vos invités. Une fois les « poses plastiques » terminées, je devais revenir tout de suite à la maison avec Nanny.

Brian eut un sourire sarcastique avant de remarquer d'un ton sec :

— Je suis étonné qu'il vous ait permis de jouer pendant ce prétendu spectacle.

— Il y était bien obligé! M. Meldosio venait de se blesser. Harry n'avait pas le temps matériel de trouver quelqu'un pour le remplacer. J'étais là, je me suis proposée... Je ne demandais qu'à rendre service. Au début, mon frère a refusé. J'ai insisté et comme il n'a pas trouvé d'autre solution, il a bien été obligé de me laisser aller au manoir.

Pensive, elle murmura:

— Je n'ai toujours pas compris pourquoi mon frère était tellement réticent.

Le visage du marquis s'était assombri.

— Je le comprends, moi! Jamais vous n'auriez dû être présente pendant que les danseuses prenaient leurs «poses plastiques».

— Qui d'autre aurait pu les accompagner au piano, s'il vous plaît? Il n'y avait aucun pianiste disponible à des lieues à la ronde. Si je n'avais pas été là pour sauver la mise, votre soirée aurait été gâchée et vous auriez probablement renvoyé Harry.

— Les «poses plastiques»...

— Je n'ai même pas pu les voir! s'exclama Anthea avec regret. J'apercevais à peine les têtes des danseuses. Quel dommage! Elles étaient très applaudies et je suis sûre qu'elles étaient aussi jolies que lady Hamilton devant le roi et la reine de Naples.

Brian en demeura sans voix.

— Ah, bon! s'exclama-t-il enfin, visiblement sidéré. Vous pensez que Milly et ses consœurs tentaient d'imiter lady Hamilton?

— Mais... oui!

Il y eut un long silence.

— Je vous en prie, ne dites jamais à Harry que je suis rentrée en retard, insista Anthea.

Elle rougit jusqu'à la racine des cheveux avant d'ajouter:

— Ne lui dites jamais non plus que je suis allée dans votre chambre! Soyez gentil, je vous en supplie! Après tout, je vous ai sauvé la vie, vous me devez bien cela!

Le marquis l'enveloppa d'un regard songeur.

— Je parie que je ne dois pas non plus dire à Harry que je vous ai embrassée?

La rougeur de la jeune fille s'accentua.

— Oh, non! Surtout pas!

Il eut un rire bref.

— Soyez rassurée, Anthea. Vous n'avez rien à craindre de ma part. J'ai beaucoup de défauts, je le reconnais. Mais je sais me montrer discret quand il s'agit de préserver l'honneur d'une jolie femme.

Plus confuse que jamais, la jeune fille murmura:

— Je n'aurais pas dû vous suivre dans votre chambre. Mais je n'avais pas compris ce... ce que vous vouliez.

Pour la première fois, Brian parut mal à l'aise.

— Dites-vous qu'à quelque chose malheur est bon, dit-il. Car si vous n'étiez pas venue avec moi, si vous ne vous étiez pas enfuie par les passages secrets et si vous n'aviez pas entendu Templeton et Milly comploter...

— Vous ne seriez pas ici pour me parler, termina-t-elle.

— Exactement.

De nouveau, un long silence pesa.

— Comment vous remercier? redemanda-t-il.

— Je vous l'ai dit: en m'oubliant et en oubliant que M. Dalton est en réalité lord de Colnbrooke.

La jeune fille le regarda avec anxiété.

— Vous avez échappé à la mort une première fois. Cela ne veut cependant pas dire que vous êtes sauvé pour autant. Ce couple diabolique est peut-être en train de mettre au point une seconde tentative de meurtre!

— Tout est possible. Mais un homme prévenu en vaut deux. Par conséquent, ma porte sera fermée ce soir à double tour.

Pensif, il ajouta à mi-voix :

— Certes, il y a les passages secrets. Je doute cependant que, à part vous et votre frère, d'autres personnes en connaissent l'existence.

— Je vais prier pour vous, promit Anthea avec élan.

— Merci.

Le marquis se leva et regarda autour de lui.

— Je vois que vous avez une épinette mais pas de piano. Peut-être pourrais-je vous en offrir un ? Certes, ce ne serait qu'un bien faible remerciement...

En voyant les yeux bleus de la jeune fille étinceler, il sut qu'il avait trouvé le moyen de lui faire plaisir.

— Un piano ? s'exclama-t-elle. Oh, je serais si heureuse ! Je rêvais justement – un rêve impossible, pensais-je –, de pouvoir posséder un jour l'un de ces merveilleux instruments. Mais il faudrait plutôt l'installer à l'église.

— À l'église ? Pourquoi donc ?

— Parce que la soufflerie de l'orgue a une nouvelle fois déclaré forfait, et qu'il va falloir attendre longtemps le réparateur. La dernière fois, il a dit que cet orgue était à bout de souffle et qu'il fallait le remplacer.

— Pourquoi ne m'avez-vous pas mis au courant plus tôt ? s'étonna le marquis. Vous aurez donc un orgue et un piano.

— C'est trop !

— En comparaison de ce que vous avez fait pour moi, ce n'est rien.

— J'avais justement l'intention de demander à Harry de vous parler de l'orgue... un jour où vous seriez de bonne humeur.

Brian éclata de rire.

— Cela signifierait que je ne le suis pas tout le temps ?

De nouveau, la jeune fille rougit.

— Excusez-moi. Je ne réfléchis pas toujours suffisamment avant d'ouvrir la bouche.

Le marquis riait toujours.

— Le jour où je me suis rendu acquéreur du manoir de la Reine, je ne m'attendais pas à avoir autant d'obligations. Entre les fermes, l'église, les cottages du village... cela n'arrête pas !

— Je sais. Vous vouliez seulement venir vous amuser de temps en temps.

Brian fronça les sourcils.

— Pardon ?

— Mais oui, fit-elle avec candeur. Vous vouliez amener ici les jolies femmes que vous ne pouvez pas amener au château d'Eaglescliffe.

— Qui vous a dit une chose pareille ?

— Charlie Torrington.

— Jamais il n'aurait dû parler ainsi devant vous.

— Oh, ce n'était pas devant moi ! Il était en train de discuter avec Harry et ignorait que je les entendais. Sur le moment, je n'avais pas trouvé cela choquant. J'étais loin de penser à mal ! C'est seulement la nuit dernière que... euh, que...

Horriblement gênée, elle se détourna et fit mine de contempler l'âtre où elle avait disposé un pot de géraniums écarlates.

— Anthea, que s'est-il passé la nuit dernière pour vous amener à réviser votre jugement ?

Au prix d'un visible effort, elle avoua :

— J'ai trouvé étrange que cette Milly, qui doit être une danseuse ou une actrice, se retrouve au lit avec lord Templeton...

Sa rougeur s'accentua tandis qu'elle ajoutait :

— ... sans qu'ils soient mariés, du moins je ne le crois pas.

Après un long silence, Brian demanda :
— Autre chose ?
— Ne parlons plus de tout cela.
— J'y tiens.
Il l'observa d'un air pensif.
— Vous n'osez pas me l'avouer, mais je crois que vous avez été très gênée quand je vous ai embrassée.
— Cela... cela m'a paru bizarre. C'était la première fois que l'on m'embrassait. Nous avions à peine échangé quelques mots, et... et...
— Je me suis conduit d'une manière impardonnable, je le reconnais. Ne m'en veuillez pas trop, Anthea. Votre musique m'avait transporté dans un autre monde, il me semblait que je vous connaissais depuis toujours, et... et j'ai un peu perdu la tête.
La jeune fille leva vers lui ses grands yeux clairs.
— Vous avez eu l'impression de me connaître depuis toujours ? Vraiment ?
— Mais oui.
— C'est très curieux. Parce que moi aussi, je ressens par moments cette impression, dit-elle avec candeur.
Brian s'éclaircit la voix.
— Il faudra que nous discutions longuement à ce sujet. Mais pas maintenant. Car vous ne souhaitez certainement pas que votre frère ou votre Nanny me trouvent ici ?
— Oh, non !
— Quant à moi, soupira-t-il, il faut que j'aille retrouver mes invités.
— Soyez très prudent !
— N'ayez crainte. Grâce à vous, je sais maintenant d'où vient le danger.
Avec un sourire, il ajouta :
— Et nous ne dirons pas à... M. Dalton que nous nous sommes rencontrés et que j'ai découvert qui il était en réalité.

— Vous êtes vraiment gentil ! dit-elle en l'accompagnant jusqu'à la porte d'entrée.

Il lui prit la main, mais au lieu de la serrer comme elle s'y attendait, il la porta à ses lèvres. Et elle se sentit alors envahie d'un trouble sans nom.

— Merci, Anthea, fit-il à mi-voix.

Le cœur battant la chamade, elle le regarda s'éloigner et monter dans le phaéton dont un groom retenait les chevaux.

5

Le lundi matin, Anthea pensa avec satisfaction que les invités du marquis avaient probablement tous regagné Londres. Lord Templeton et Milly comme les autres.

« Le danger est écarté », pensa-t-elle.

Elle avait lu avec attention les pages du journal consacrées aux courses. Il y était naturellement question du Derby. Parmi les chevaux engagés figuraient Âme Damnée, un cheval appartenant à lord Templeton, et Ange Noir, qui devait courir sous les couleurs du marquis d'Eaglescliffe.

Les pronostiqueurs hippiques estimaient qu'Âme Damnée avait quelques chances de gagner, mais le grand favori restait Ange Noir.

« Âme Damnée ! pensa la jeune fille. Ce triste individu n'aurait pas pu mieux choisir le nom de son cheval. »

Il était certain que si Ange Noir ne participait pas à la course – et en cas de disparition de son propriétaire, ce serait naturellement hors de question –, les joueurs reporteraient alors tous leurs paris sur Âme Damnée. Ce qui permettrait à lord Templeton d'empocher beaucoup d'argent.

Malgré tout, Anthea avait peine à comprendre comment un gentleman pouvait envisager de commettre un meurtre avec un tel sang-froid.

« Le marquis d'Eaglescliffe est son ami, pourtant ! Et il est prêt à le tuer parce qu'il a des dettes ? Quelle horreur ! Cela me semble inconcevable. »

Il était déjà presque une heure de l'après-midi et Nanny se lamentait :

— Que fait donc M. Harry ? Je pensais qu'il serait là à midi et demi, comme d'habitude. J'ai tout mis en train, et maintenant mes côtelettes vont être trop cuites. Il ne pourra s'en prendre qu'à lui. Mais honnêtement, si ce n'est pas dommage de gâcher de la bonne viande comme celle-là !

Harry arriva avec un quart d'heure de retard. Sa sœur l'entraîna tout de suite dans la salle à manger.

— Vite, vite, à table !

Tout en dépliant sa serviette, Harry déclara :

— J'ai une bonne nouvelle pour toi.

— Vraiment ?

— Toi qui rêvais d'un piano...

La jeune fille retint sa respiration.

— Dis vite !

Elle faisait mine d'être surprise, alors qu'elle s'attendait plus ou moins à ce qui allait venir.

— Eh bien, figure-toi que j'étais en train de surveiller les valets qui démontaient la scène quand Eaglescliffe est passé par là. Et à ma grande surprise, il m'a salué presque chaleureusement. C'était bien la première fois qu'il faisait preuve d'une certaine amabilité.

— Tu vois, tout s'arrange !

— Attends la suite ! « Où souhaitez-vous que nous transportions ce piano, milord ? » lui ai-je demandé. Il s'est mis à réfléchir. « À vrai dire, je n'en sais rien. J'ai déjà un piano là-haut. Plus les trois que je viens d'acheter, cela en fait quatre en tout. Nous n'avons pas besoin de tout cela ! C'est un peu ridicule. » Même si j'étais de son avis, je me suis gardé de lui faire part de mon opinion.

Harry haussa les épaules.

— En employé respectueux, j'ai donc gardé mes réflexions pour moi. Il a réfléchi quelques secondes de plus avant de déclarer : « Le monter au grenier ? Ce ne serait pas très intelligent. Tout le monde sait qu'un piano que l'on n'utilise pas s'abîme très vite.

— Et ? demanda Anthea, le cœur battant.

— Et il s'est soudain exclamé : « Tiens, j'ai une idée... Pouvez-vous demander à Mlle Meldosio, qui est une excellente pianiste, si elle veut bien le garder chez elle tant que je n'en aurai pas besoin ? »

— Oh ! fit seulement la jeune fille.

D'un ton soupçonneux, Harry interrogea :

— Comment a-t-il pu savoir que c'était une soi-disant Mlle Meldosio qui jouait et pas M. Meldosio lui-même ?

Anthea, qui était loin de s'attendre à cela, se demanda ce qu'elle devait répondre pour que son frère ne se doute de rien.

— Le marquis est venu me féliciter après le spectacle, déclara-t-elle enfin.

— Voilà pourquoi il était au courant ! fit Harry en hochant la tête.

Et, de nouveau soupçonneux :

— Pourquoi ne m'as-tu pas dit que tu l'avais vu ? Pourquoi ne m'as-tu pas dit qu'il t'avait fait des compliments ?

La jeune fille se sentit rougir.

— Je n'ai pas voulu me montrer vaniteuse, prétendit-elle.

— Et il était satisfait, vraiment ?

— Il en avait l'air.

— Il ne s'est pas plaint ?

— Pas du tout. Il semblait au contraire content de la manière dont s'était déroulé ce spectacle – dont je n'ai pu avoir le moindre aperçu, hélas !

— Cela vaut mieux, fit Harry entre ses dents.

Jugeant plus sage de changer de sujet de conversation, Anthea s'écria :

— Alors je vais pouvoir jouer sur un vrai piano ? Je n'ose y croire !

— Il faut reconnaître que tu as de la chance !

Au grand soulagement de la jeune fille, son frère ne chercha pas à en savoir davantage sur son entrevue avec le marquis. Il passa tout de suite à un autre sujet :

— Maintenant, il faut que je te raconte ce qui s'est passé chez les Johnson.

— Quel était donc le problème là-bas ?

— Un incendie dans la laiterie, tu imagines ? Il va falloir refaire tout le bâtiment. Heureusement encore qu'il était séparé des granges. Si le foin et la paille avaient pris feu, toute la ferme aurait brûlé.

— Quelle horreur !

Après avoir avalé en deux bouchées sa tarte aux pommes, Harry se leva.

— Tu n'as pas fait de bruit en rentrant samedi soir. Je ne t'ai même pas entendue !

— Tu dormais si profondément que je n'ai pas eu le cœur de te réveiller.

— Tu as bien fait.

— J'ai hésité. Je me disais que tu aurais été quand même beaucoup mieux au lit.

— Depuis plusieurs nuits, je n'arrivais pas à trouver le sommeil. J'étais tellement énervé ! Je me demandais si tout allait bien se passer, si Eaglescliffe serait content...

— Écoute, s'il ne s'est pas plaint, c'est qu'il était satisfait. Cesse donc de te faire autant de soucis !

Anthea dressa l'oreille.

— Tiens ! J'entends une voiture.

— C'est probablement la charrette sur laquelle on a chargé ton piano.

La jeune fille fronça les sourcils.

— Le marquis ne trouvera pas bizarre qu'on l'amène ici et pas chez M. Meldosio ?

— Si tu crois qu'il prendra la peine d'aller vérifier où il se trouve ! s'exclama Harry dans un éclat de rire.

— Tous ses invités doivent être partis maintenant. Et... et lui aussi ?

— Non, il est resté.

La jeune fille se sentit soudain absurdement heureuse.

— Ah, bon ?

— Il ne se sentait pas très bien ce matin.

— Comment cela ? s'écria Anthea, soudain très pâle. Il serait malade ?

— Je pense qu'il a attrapé un rhume.

— Oh ! Ce n'est qu'un rhume ?

— Je le suppose, car il tousse beaucoup. Ce qui, entre nous, m'étonne !

— Pourquoi ?

— Jamais je n'aurais cru qu'un homme aussi athlétique pouvait attraper les microbes qui s'attaquent au commun des mortels.

L'anxiété d'Anthea ne connaissait plus de bornes. Mais il lui était, bien entendu, impossible de faire part de ses craintes à son frère. Et si lord Templeton avait réussi à empoisonner le marquis ? De la part d'un homme aussi déterminé, tout était possible !

Après le départ de son frère, Anthea s'empressa de se mettre au piano. À peine venait-elle d'attaquer l'allegro d'une sonate de Mozart qu'une voiture s'arrêta devant la maison.

Son cœur se mit à battre un peu plus vite. Qui venait lui rendre visite ? Le marquis ?

Sachant que Nanny était montée faire sa sieste, elle courut ouvrir. Ce n'était pas Brian d'Eaglescliffe qui venait lui rendre visite, mais le médecin du village, un vieil homme à l'allure très digne. Hiver comme été, il était toujours vêtu d'une redingote noire et n'oubliait jamais de se coiffer d'une perruque à l'ancienne mode.

La jeune fille l'accueillit chaleureusement.

— Docteur Groves ! Quelle bonne surprise !

— Bonjour, ma petite Anthea.

Il l'appelait toujours ainsi. Ce qui n'avait rien de surprenant : ne l'avait-il pas vue naître ?

— Que me vaut le plaisir de votre visite, docteur ?

— J'ai besoin de votre aide.

— Qui est malade ?

— Le marquis.

Tout de suite submergée d'inquiétude, Anthea balbutia :

— Le... le marquis ? Mon Dieu ! Que lui arrive-t-il ?

— Rien de bien grave. Il a la grippe, tout simplement. Une bonne grippe !

— Ah, bon, ce n'est que cela ? s'exclama-t-elle avec soulagement.

— Mettriez-vous mon diagnostic en doute ? demanda-t-il en riant.

— Je ne me le permettrais pas.

— J'ai entendu dire qu'il y avait une épidémie de grippe à Londres. Il a dû attraper cela là-bas. Je lui ai donné quelques médicaments pour faire baisser la fièvre, mais sans résultat jusqu'à présent. Aussi je suis venu vous demander si, par hasard, vous aviez encore un peu de cette potion miracle dont votre mère connaissait le secret.

— Et moi aussi ! Ma mère m'en a donné la recette car pour faire tomber la fièvre, il n'y a rien de tel.

Le visage du médecin s'éclaira.

— Vous en avez donc en réserve ?

— Bien sûr. Je m'arrange toujours pour en avoir un flacon d'avance.

— Cela ne vous ennuie pas de le porter au manoir de la Reine ? Je dois me rendre à la ferme des Cosmet, à l'autre bout du domaine.

— Il y a quelqu'un de malade, là-bas aussi ?

— Mme Cosmet est sur le point d'accoucher.

— Pas possible ! Ce sera son septième enfant, si je ne me trompe ?

— Le septième ou le huitième. Je commence à m'y perdre. La sage-femme est déjà sur place, mais il vaut mieux que je sois présent, moi aussi, pour le cas où les choses se présenteraient mal.

La jeune fille sourit.

— Vous avez assisté à la naissance d'au moins deux générations de villageois.

— J'en suis à la troisième. J'ai vu naître Mme Selby, sa fille Helen, et son petit-fils John, qui a vu le jour la semaine dernière.

Avec un sourire amusé, le vieux médecin ajouta :

— Mais il y a peu de chances pour que je sois là quand John aura des enfants à son tour.

— Qui sait ?

— Nous n'en sommes pas là ! Bon, je peux compter sur vous pour aller au manoir de la Reine, ma petite Anthea ?

— Bien sûr, docteur.

— Vous n'aurez qu'à remettre le flacon au valet de milord en lui expliquant quelle dose donner au malade.

— Ne vous inquiétez pas, je m'occupe de tout cela.

— Merci beaucoup, ma petite Anthea. Cela me fera gagner du temps.

La jeune fille accompagna le médecin jusqu'à son petit cabriolet que tirait un solide cheval de chasse bai. Puis elle se rendit dans la lingerie et trouva sans peine, sur l'un des rayons du placard où elle rangeait les médicaments, un petit flacon empli d'un liquide de couleur verdâtre. Il s'agissait d'une décoction de plantes qu'il fallait faire cuire à l'étuvée pendant des heures.

Un médecin plus jeune n'aurait certainement pas eu la foi qu'avait le vieux praticien dans ce que le défunt lord de Colnbrooke appelait avec indulgence « des remèdes de bonne femme ».

« Remèdes de bonne femme ou pas, ils sont efficaces », se dit Anthea en mettant le flacon dans un panier.

Elle partit d'un bon pas et, moins de dix minutes plus tard, elle arrivait devant le manoir.

Elle admira comme il convenait la superbe calèche qui se trouvait devant le perron. Les quatre pur-sang auxquels un groom était en train de donner à boire avaient dû galoper tout le long du chemin, car ils étaient couverts d'écume.

« Le visiteur devait être bien pressé, pensa la jeune fille en frappant le heurtoir en bronze. Il a dû venir de Londres, car personne, dans la région, ne possède un aussi bel équipage. »

Ce fut le majordome qui lui ouvrit la porte.

— Bonjour, mademoiselle, dit-il aimablement.

— Pourrais-je voir le valet de milord, s'il vous plaît ? Le Dr Groves m'a chargée de lui apporter un médicament pour son maître. Mais je dois lui donner quelques instructions.

— Je vais tout de suite envoyer chercher M. Haynes. Si vous voulez bien vous asseoir dans la bibliothèque en l'attendant ?

— Très bien.

Tout en suivant le majordome, la jeune fille déclara incidemment :

— J'ai vu que milord avait un visiteur.

— En effet.
— Quel bel attelage !
Poussée par la curiosité, elle demanda :
— À qui appartient-il ?
— À lord Templeton. Un ami de milord qui possède, lui aussi, une très belle écurie de courses.

Le majordome s'effaça pour laisser entrer Anthea dans la bibliothèque.

— Je reviens tout de suite avec le valet de milord, mademoiselle, dit-il en s'inclinant légèrement.

Sur ces mots, il disparut. En proie à une angoisse indescriptible, Anthea demeurait clouée sur place. Mais son esprit travaillait à toute allure.

Lord Templeton ? Ici ? Cela ne pouvait signifier qu'une chose : le marquis était en danger. Sans prendre le temps de réfléchir plus longtemps, elle posa son panier sur une table et courut jusqu'à la cheminée. Sur le côté se trouvait un accès aux passages secrets. Et par ce chemin, elle allait pouvoir en quelques secondes gagner la chambre du marquis.

Dès qu'elle appuya sur l'une des sculptures de la moulure, un déclic se produisit et le panneau pivota. Juste à ce moment-là, elle remarqua deux pistolets de duel posés sur une crédence. Ces armes à la crosse sertie d'or et de petits cabochons d'émeraudes n'étaient certainement pas chargées. Si elles se trouvaient là, c'était uniquement à titre de décoration. Mais elles pouvaient malgré tout effrayer quelqu'un ayant quelque chose à se reprocher...

Anthea, qui avait le pressentiment que la vie du marquis était en danger, s'empara de l'un des revolvers avant de s'engouffrer dans le couloir secret, dont elle referma soigneusement l'entrée. Elle gravit l'escalier en colimaçon extrêmement étroit au bout duquel se trouvait le passage par lequel elle avait pu s'enfuir dans la nuit du samedi au dimanche.

Avec précaution, elle fit lentement glisser le panneau qui donnait dans la chambre du marquis.

Brian d'Eaglescliffe gisait entre les draps, les yeux clos. Il était très pâle et deux taches rouges marquaient ses pommettes. Soulagée, Anthea constata qu'il était seul.

Elle se trompait! En ouvrant davantage le panneau, elle aperçut soudain au pied du lit la silhouette massive d'un homme. Lord Templeton, forcément!

Il regardait autour de lui d'un air sournois. Soudain, il s'approcha de l'homme endormi, s'empara d'un oreiller, le leva... Il ne fallut pas plus d'une fraction de seconde à Anthea pour comprendre ses intentions.

Lord Templeton allait étouffer le marquis!

— Arrêtez! cria-t-elle, juste au moment où il appuyait l'oreiller sur le visage du marquis.

Sans hésiter, la jeune fille pointa le pistolet vers l'assassin.

— Arrêtez, sinon je tire!

L'arme n'était pas chargée, mais comment lord Templeton aurait-il pu le savoir?

À ce moment-là, Haynes arriva avec le panier qu'Anthea avait laissé dans la bibliothèque. Comme tétanisés l'un en face de l'autre, pas plus la jeune fille que lord Templeton ne le remarquèrent.

— Vous m'avez entendue? reprit Anthea d'une voix qui ne tremblait pas.

Soudain, le marquis se dressa sur son lit et jeta l'oreiller par terre.

— Alors, vous essayez encore une fois de me tuer, Templeton? Décidément, vous êtes tenace. L'autre jour, vous vouliez déjà que Milly m'enfonce un stylet dans le cœur. Aujourd'hui, vous essayez vous-même de m'étouffer...

— Pas du tout! Je... euh, je...

— N'essayez pas de vous justifier. Je sais de quoi il retourne. Écoutez-moi bien : je vous laisse vingt-quatre heures pour quitter le pays. Vous entendez ? Vingt-quatre heures, pas une minute de plus. Sinon je porterai plainte et vous vous retrouverez en prison à vie pour tentative de meurtre.

Templeton, qui avait déjà le teint rouge, presque violacé, parut soudain au bord de l'apoplexie.

— Tentative de meurtre ? Et quoi encore ?

— Oui, vous avez essayé d'étouffer milord, dit Haynes. Je l'ai vu de mes propres yeux.

— Quelle bêtise ! J'étais venu prendre des nouvelles de mon ami, et vous osez m'accuser ? N'essayez pas de me noircir, je nierai tout en bloc.

— J'ai été témoin, insista Haynes avec force.

— Moi aussi, dit Anthea.

Lord Templeton se mit à ricaner.

— Le témoignage d'un valet et d'une fille des rues contre le mien ? lança-t-il avec mépris. Aucun magistrat sensé n'acceptera d'en tenir compte.

— Les magistrats m'écouteront, affirma Anthea.

— Écoutez-la ! Pour qui se prend-elle, cette espèce de...

Sans lui laisser le temps de l'insulter davantage, la jeune fille se redressa.

— Sachez, monsieur, déclara-t-elle avec hauteur, que celle que vous avez eu le front de traiter de fille des rues s'appelle en réalité Anthea de Colnbrooke. Je suis la fille du défunt lord de Colnbrooke.

Lord Templeton la regarda avec stupeur. Puis, comprenant qu'il était vaincu, il se mit à jurer comme un charretier.

— Dehors ! ordonna le marquis d'une voix qui commençait à faiblir.

Lord Templeton se dirigea vers la porte en continuant à jurer.

— Souvenez-vous que vous avez vingt-quatre heures pour disparaître! insista Brian. Vingt-quatre heures, vous entendez? Sinon je mettrai mes menaces à exécution.

En guise de réponse, lord Templeton sortit en claquant la porte de toutes ses forces.

— Veillez à ce qu'il parte pour de bon, Haynes, murmura le marquis en se laissant retomber sur ses oreillers. Ne le quittez pas des yeux jusqu'à ce qu'il ait franchi la grille. Il serait capable de mettre le feu au manoir avant!

Le valet donna le panier contenant la potion à Anthea et se précipita.

— J'y vais, milord!

Brian avait refermé les yeux. Sans perdre une seconde, la jeune fille ouvrit le flacon et versa un peu de liquide dans le petit verre doseur qu'elle avait apporté avec elle.

— Buvez, dit-elle en s'approchant du marquis. Cela devrait faire baisser la fièvre.

Il se redressa avec difficulté, visiblement épuisé par l'effort qu'il avait dû fournir pour ordonner à lord Templeton de partir. Il était tellement faible que la jeune fille dut le soutenir par les épaules.

— Buvez, répéta-t-elle doucement. Grâce à cela, vous devriez vous sentir très vite mieux.

Il réussit à plaisanter:

— Vous n'essayez pas de m'empoisonner?

— Oh! Milord! fit-elle d'un ton plein de reproche.

Il but le contenu du verre qu'elle lui présentait avant de se laisser retomber en arrière.

— Merci, fit-il d'une voix soudain presque inaudible.

Anthea posa la main sur son front brûlant, s'efforçant, par ce simple geste, de lui transmettre l'envie de guérir. Jamais elle ne s'était prise pour une guérisseuse. Pourtant, en cet instant, elle avait l'étrange impression qu'il passait mille ondes bénéfiques d'elle à cet homme qu'elle avait détesté avant de le connaître et qui, en très peu de temps, avait pris tant de place dans sa vie.

— Jouez… fit-il dans un souffle. Jouez pour moi.

Cette demande la prit de court. Elle regarda autour d'elle mais ne vit pas de piano dans la chambre.

— Il… il y a un piano… à côté.

Elle poussa la porte du petit salon voisin, qui était autrefois le boudoir de sa mère. Cette pièce avait été complètement rénovée et elle la reconnaissait à peine. Maintenant, des draperies de brocart bleu encadraient les fenêtres. Quant au superbe mobilier du XVIIIe, il devait certainement provenir de France.

Quand elle vit le piano, elle joignit les mains. Il s'agissait d'un instrument magnifique, orné sur les côtés de plaques en porcelaine de Sèvres du même bleu que celui des rideaux.

Il devait être très ancien. Peut-être même s'agissait-il d'une épinette comme celle qu'elle avait chez elle ? Mais lorsqu'elle souleva le couvercle, elle s'aperçut que le clavier était récent. Et un seul coup d'œil lui suffit pour constater que les becs de plume qui permettaient de pincer les cordes de l'épinette avaient été remplacés par des marteaux recouverts de feutre. C'était bien un piano ! Un habile artisan avait réussi à conserver l'extérieur intact tout en refaisant complètement l'intérieur.

Elle s'assit sur le tabouret et se mit à jouer, suivant son inspiration. Sous ses doigts naissaient des mélodies d'une incroyable douceur. En musique, elle évoquait les promenades à cheval que le marquis pourrait faire dans son nouveau domaine dès qu'il se sentirait mieux. Elle lui décrivit les oiseaux qui chantaient dans les fourrés, la rivière, les cascades, les prés où chantait l'alouette…

Devinant une présence, elle leva les yeux. Haynes venait de la rejoindre.

— Milord s'est endormi, mademoiselle, dit-il tout bas. Il respire mieux et je crois qu'il a moins de fièvre.

Anthea abandonna le clavier et se rendit avec le valet dans la chambre du marquis.

Doucement, elle prit le pouls du malade avant de poser la main sur son front. Il était déjà plus frais, en effet.

Elle retourna dans le boudoir en faisant signe à Haynes de la suivre.

— Dès que milord se réveillera, donnez-lui une dose de la potion que j'ai apportée.

Le valet hocha la tête.

— Très bien, mademoiselle.

— Il faudra qu'il en prenne la même quantité toutes les deux heures jusqu'à ce que la fièvre soit complètement tombée.

Haynes, qui avait l'esprit pratique, fronça les sourcils.

— Il n'y en aura jamais assez !

— Ne vous inquiétez pas, je vais en préparer et vous l'apporterai en fin de journée.

— Le médecin a dit qu'il passerait dans la soirée. Il va certainement trouver que milord va mieux.

— Il sait que cette potion réussit des miracles.

La jeune fille remit sa capeline qu'elle avait posée sur le piano.

— À tout à l'heure, Haynes.

— À tout à l'heure, mademoiselle. Et merci ! Merci pour tout !

— Prenez bien garde à ce que cet abominable individu ne s'approche plus de milord.

— Ah, pour cela, vous pouvez compter sur moi ! Maintenant que je sais de quoi il peut être capable, je vais me méfier! S'il ose revenir ici, je n'hésiterai pas à l'étrangler de mes propres mains.

Un peu plus tard, tout en se hâtant vers la maison des douairières, Anthea se disait avec stupeur qu'elle avait réussi à sauver la vie du marquis pour la deuxième fois.

« Quand je pense que je dois garder cela pour moi! Ah, quel dommage de ne pas pouvoir raconter toutes ces péripéties à Harry ou à Nanny! Ils seraient absolument stupéfaits. »

6

Trouver les plantes adéquates, les cueillir, les peser, en faire une décoction... tout cela demanda forcément un certain temps. Et lorsque la jeune fille put enfin prendre le chemin du manoir, l'heure du dîner approchait.

Le majordome la fit de nouveau entrer dans la bibliothèque.

— Je vais prévenir M. Haynes, mademoiselle.
— Merci beaucoup.

Le valet du marquis arriva à peine quelques instants plus tard.

— Je vous attendais, mademoiselle, lui dit-il, presque sur un ton de reproche. J'ai donné tout à l'heure à milord la dernière cuillerée de votre potion.

— Je savais qu'il en restait très peu dans le flacon que je vous ai donné et comme je n'en avais pas en réserve, j'ai passé mon après-midi à en préparer. Ce qui est fait, dit-elle en lui tendant une petite bouteille.

— Merci beaucoup, mademoiselle.
— Comment va milord ?
— Il dort paisiblement.
— La fièvre a baissé ?
— Notablement.

Anthea hésita une fraction de seconde avant de demander :

— Puis-je le voir ?

Une jeune personne n'était pas censée se rendre dans la chambre d'un monsieur. Mais étant donné les circonstances, Anthea estimait pouvoir faire fi des conventions.

D'ailleurs, Haynes ne parut nullement choqué. Et pourtant, il devait savoir aussi bien qu'elle ce qui était correct et ce qui ne l'était pas.

— Bien sûr, mademoiselle, dit-il comme si elle venait de lui demander la chose la plus naturelle du monde. Si vous voulez bien me suivre...

Il l'emmena au premier étage. Le marquis dormait toujours lorsqu'ils pénétrèrent dans sa chambre.

— Il semble beaucoup mieux, en effet, chuchota Anthea.

Elle s'approcha du lit et posa la main sur le front du malade.

— Il n'a presque plus de fièvre.

Songeuse, elle le contempla. L'être cynique qu'elle avait aperçu dans la salle à manger le soir de la fête avait disparu pour faire place à un jeune homme au visage détendu, presque souriant.

« Je me demande pourquoi il est devenu aussi amer et sarcastique. Il a dû subir de terribles déceptions pour en être réduit à se forger une telle armure. »

Soudain, l'arrogant aristocrate qui lui avait fait si peur et qu'elle détestait tant lui paraissait être devenu un petit garçon qui souffrait et avait besoin d'être aimé, consolé, entouré.

En cet instant, si elle s'était écoutée, elle l'aurait pris dans ses bras. Comme s'il avait été un petit garçon, justement...

À cette pensée, elle se sentit rougir. Que lui arrivait-il donc ? Elle savait bien que Brian d'Eaglescliffe n'avait rien d'un enfant ! Jamais elle ne devait oublier que ce soi-disant petit garçon l'avait emmenée presque de force dans sa chambre. Et Dieu seul pouvait savoir ce qu'il lui aurait fait subir si elle n'avait pas eu assez de présence d'esprit pour lui échapper !

Soit, maintenant il semblait être revenu à de meilleures dispositions et la considérait comme une jeune fille qu'il devait respecter, et non comme une femme de petite vertu.

« Il a de bons côtés, mais je dois quand même me méfier. Sa réputation de débauché fait trembler jusqu'à Nanny, qui ne sait pourtant pas grand-chose de ce qui se passe dans les alcôves londoniennes ! »

La voix de Haynes la ramena à l'instant présent.

— Comment le trouvez-vous, mademoiselle ?

Elle s'efforça de sourire.

— Beaucoup mieux que ce matin.

— Tout cela, c'est grâce à votre potion !

Pour ne pas déranger le malade, la jeune fille entraîna Haynes dans le boudoir voisin.

— Continuez le traitement jusqu'à demain matin.

— Très bien. Mais que faire si le médecin lui prescrit d'autres médicaments ?

— Je ne le pense pas. C'est lui qui m'a demandé de soigner milord avec cette décoction dont une vieille guérisseuse avait donné la recette à ma mère, il y a de longues années de cela.

Le valet leva le flacon à la hauteur de ses yeux. Dans un rayon de soleil, le liquide vert parut se transformer en or liquide.

— Jamais je n'ai vu quelqu'un se remettre d'une grippe aussi rapidement, murmura-t-il. Il y a de la magie dans votre petite bouteille !

Anthea ne put s'empêcher de rire.

— Peut-être ! Je serais donc une sorcière ?

Le fidèle serviteur du marquis lui adressa un chaleureux sourire.

— Je ne le pense pas, mademoiselle. À mon avis, vous seriez plutôt une fée. Une bonne fée, bien entendu !

— Merci, Haynes.

La jeune fille fronça les sourcils.

— Il est possible que milord se sente mieux demain et veuille se lever.

— S'il se sent mieux, il ne voudra pas rester une seconde de plus au lit.

— Je compte sur vous pour l'en empêcher.

— Si vous croyez que je peux me permettre d'empêcher milord de faire quoi que ce soit ! Je le connais ! Quand il a décidé quelque chose, rien ni personne ne peut l'arrêter.

— Il a besoin de repos. Il faut qu'il dorme le plus possible. Tâchez de l'en persuader.

— J'essaierai, mademoiselle. Mais je crains fort que milord ne prête aucune attention à mes dires !

Avec un sourire, il enchaîna :

— Si vous veniez vous-même lui faire ces recommandations ? Vous auriez certainement plus de succès que moi.

Anthea éclata de rire.

— Je doute que milord veuille m'écouter !

— Moi, je suis persuadé du contraire.

Le visage de Haynes redevint sérieux, presque grave.

— Après tout, vous lui avez sauvé la vie. Si vous n'étiez pas arrivée juste au moment où lord Templeton, profitant de sa faiblesse, allait l'étouffer, nous serions maintenant en train de préparer ses obsèques.

La jeune fille frissonna.

— Ne parlons plus de cela ! Espérons que lord Templeton va quitter le pays comme milord le lui a ordonné.

— Espérons-le. Mais je ne suis toujours pas tranquille. Si j'ai bien compris, nous ne le serons qu'une fois qu'Ange Noir aura gagné le Derby.

— Je le crains. Heureusement, milord sait que le danger rôde.

— Et moi aussi. Cette nuit, je demanderai au majordome de doubler le nombre de valets de faction. Et je dormirai ici.

— Ici ?

— Oui. Par terre, au pied du lit de milord, avec un pistolet chargé à portée de main.

— Ce qui n'était sûrement pas le cas de celui que j'ai pris dans la bibliothèque !

Haynes retrouva son sourire.

— N'empêche qu'il a fait son effet !

Au grand soulagement de la jeune fille, seule Nanny se trouvait là quand elle regagna la maison des douairières.

— Je vous cherchais partout, mademoiselle Anthea. Où étiez-vous donc passée ?

— Le Dr Groves m'avait demandé de porter au manoir un peu de cette potion destinée à faire baisser la fièvre. Il paraît que milord a la grippe.

— Pas possible ! Et c'est vous qui devez lui donner des médicaments ?

Nanny éclata de rire.

— Avec tout son argent, il ne peut pas faire venir les meilleurs spécialistes de Londres ?

— Vous savez bien que les potions de ma mère valent tous les médicaments du monde.

— Même le Dr Groves le reconnaît ! Si ce n'est pas le monde à l'envers !

Nanny fronça les sourcils.

— J'espère que vous n'allez pas attraper la grippe ! J'ai assez à faire sans devoir vous soigner ! Et imaginez que M. Harry tombe malade, lui aussi !

— Vous savez, vous pouvez très bien en être également victime, Nanny.

— Oh, moi, je suis si coriace que les microbes passent au large ! s'exclama Nanny en retournant dans la cuisine.

Harry arriva un peu plus tard, énervé et fatigué. Anthea jugea plus sage de ne lui apprendre qu'une partie de ce qui s'était passé – une petite partie seulement !

— Le Dr Groves m'a demandé de porter au manoir un flacon de la potion dont maman m'a légué la recette.

Harry ne parut pas autrement intéressé.

— Ah, oui ! Pour faire baisser la fièvre ? Il paraît qu'Eaglescliffe a la grippe.

— Sais-tu s'il va mieux ?

— Non.

Complètement indifférent au sort de son employeur, Harry poursuivit :

— J'ai passé une grande partie de la journée chez les Johnson. L'entrepreneur, que j'avais convoqué, a proposé de refaire une laiterie beaucoup plus vaste et plus moderne. J'ai donné mon accord.

— Johnson doit être ravi !

— Et moi aussi, ma foi. Tu imagines ? Si cet incendie avait eu lieu l'année dernière, je n'aurais eu aucune solution à proposer. Je n'aurais pu que compatir…

En temps ordinaire, Anthea se serait intéressée à la reconstruction de la laiterie des Johnson. Ce n'était pas le cas aujourd'hui. Tout ce qui la préoccupait était l'état de santé du marquis. Elle mourait d'envie de courir au manoir pour prendre de ses nouvelles. Mais jamais son frère n'aurait compris qu'elle s'intéresse tant à un homme qu'elle avait prétendu n'avoir vu qu'une fois, et seulement pendant quelques instants.

Cette nuit-là, elle dormit très peu. Elle ne cessait de se tourner et de se retourner dans son lit en pensant à Brian d'Eaglescliffe. Sa fièvre était-elle complètement tombée ? Et si elle remontait pendant la nuit, Haynes saurait-il le soigner correctement ?

« Ah, si seulement je pouvais être à son chevet... Je veillerais à ce qu'il prenne régulièrement ses médicaments, je lui mettrais un linge mouillé sur le front pour le rafraîchir, je le tiendrais par la main... »

Elle fronça les sourcils. Pourquoi voulait-elle le tenir par la main ? Quelle drôle d'idée. Ce n'était pas de cette manière que l'on guérissait un malade !

Le lendemain matin, elle se leva encore plus tôt que d'habitude. Il faisait un temps magnifique ! En temps ordinaire, elle serait allée monter à cheval. Mais curieusement, elle n'avait aucune envie. Si elle s'était écoutée, elle aurait couru au manoir sans même avaler une tasse de thé.

Il ne fallait pas y compter, comprit-elle en voyant Harry attablé dans la salle à manger. Il faisait honneur à ses œufs au bacon, et elle fut bien obligée de le rejoindre.

Dix minutes plus tard, lorsqu'il s'apprêta à partir, elle lui demanda où il avait l'intention de passer la matinée. Car s'il avait l'intention de retourner chez les Johnson ou dans une autre ferme, elle aurait le temps d'aller prendre des nouvelles du marquis.

La réponse de son frère réduisit tous ses espoirs à néant :

— J'ai du travail au manoir.

À sa grande déception, elle fut donc obligée de rester. Et elle se mit à tourner en rond. L'inquiétude la rongeait tant qu'elle était incapable d'entreprendre une tâche quelconque.

Lorsque son frère revint à l'heure du déjeuner, elle se précipita.

— Comment va le marquis ?
— Je n'en sais rien.

La jeune fille était sidérée.

— Tu n'as pas posé de questions ?

Harry haussa les épaules.

— Il a la grippe, quoi ! Ce n'est pas bien grave. Il n'y a rien d'autre à faire qu'à attendre que cela passe.

— Tu sais, certaines grippes peuvent donner lieu à des complications.

Harry haussa les épaules.

— Pas chez un homme jeune et en pleine santé.

Avec indifférence, il poursuivit :

— Mais il n'est pas encore remis, c'est certain. Car si cela avait été le cas, il n'aurait pas manqué de m'envoyer chercher pour me donner une longue liste d'instructions. Et comme j'avais déjà beaucoup à faire, j'étais ravi qu'il me laisse tranquille.

« Mon frère pourra dire ou penser tout ce qu'il veut, moi, j'irai au manoir cet après-midi », se promit Anthea.

Ils terminaient le léger déjeuner que leur avait préparé Nanny quand une voiture arriva au grand trot.

Harry tendit l'oreille.

— Qui cela peut bien être ?
— Le Dr Groves, peut-être ? suggéra la jeune fille. S'il y a une épidémie de grippe dans la région, il va me demander de préparer des litres de cette potion destinée à faire baisser la fièvre.

Son frère secoua la tête.

— Mais non, voyons, ce n'est pas le médecin !

Avec un rire sarcastique, il lança :

— Tu l'as déjà vu faisant ses visites dans une voiture tirée par quatre chevaux ?

— Une voiture tirée par quatre chevaux ? s'écria Anthea en se précipitant à la fenêtre, le cœur battant.

Et si c'était le marquis qui venait leur rendre visite ? Mais ce fut le commandant Torrington qui descendit de voiture.

— Charlie ! Quelle surprise ! s'exclama Harry. Je ne m'attendais guère à te voir aujourd'hui.

— Je ne m'attendais pas non plus à venir ici. Il a fallu une raison grave pour que j'arrive toutes affaires cessantes !

— Que se passe-t-il ? interrogèrent Harry et Anthea d'une même voix.

— Une histoire de fous !

Le jeune homme jeta son chapeau et ses gants sur une chaise avant de s'asseoir, sans même y être invité, au bout de la table.

Harry se souvint soudain de ses bonnes manières.

— Assieds-toi, je t'en prie, dit-il – un peu tard. Que puis-je t'offrir ? Tu as déjeuné ?

— Je n'en ai pas eu le temps.

Harry se tourna vers sa sœur.

— Il faudrait dire à Nanny que...

— Non, non ! coupa Charlie. Nous verrons cela plus tard.

— Mais...

— Je t'assure qu'il y a bien plus important que mon estomac ! trancha Charlie.

D'un air soucieux, il se tourna vers Anthea.

— Comment vous expliquer ce qui m'a amené ici en un temps record sans trop vous choquer ?

— Me... me choquer ?

Harry eut un mouvement d'impatience.

— Je t'en prie, ne nous fais pas languir ! Il faut qu'il y ait une raison grave pour que tu arrives ainsi en catastrophe.

Charlie regardait toujours la jeune fille. Sans raison, celle-ci se sentit brusquement envahie d'anxiété.

— Parlez, Charlie, murmura-t-elle.

Il soupira.

— Je suppose, Anthea, que vous n'avez jamais entendu parler d'un certain lord Templeton ?

Sans attendre sa réponse, il poursuivit :

— En revanche, Harry sait de qui il s'agit. Lord Templeton est un homme d'une cinquantaine d'années que personne n'apprécie.

— Pour... pourquoi ? demanda timidement la jeune fille.

— C'est un ivrogne, un débauché... et un flambeur invétéré. Aux cartes, comme sur les champs de courses, il joue gros jeu. Tout le monde sait qu'il doit beaucoup d'argent. Si ses créanciers se font trop insistants, il risque même d'être jeté en prison pour dettes.

— En quoi cela regarde-t-il Anthea ? demanda Harry en fronçant les sourcils.

— J'y viens.

Charlie hésita.

— Alors ? s'écria Harry qui s'impatientait de plus en plus.

— Hier soir, Templeton était au *White's Club*. Il a annoncé à tout le monde qu'il allait devoir partir en exil pour l'étranger dès le lendemain.

— Templeton ? En exil ? répéta Harry sans comprendre.

Anthea, qui ne comprenait que trop, demeurait silencieuse.

— Selon lui, Eaglescliffe l'aurait accusé à tort des pires méfaits – impossible de savoir lesquels, il n'a rien voulu nous dire –, et lui aurait ordonné de quitter le pays dans les vingt-quatre heures.

Anthea retint sa respiration.

— Le plus incroyable, figure-toi, poursuivit Charlie, c'est que Templeton jure qu'il a vu dans la chambre d'Eaglescliffe une jeune fille !

Harry se mit à rire.

— Cela te surprend ?

Sans tenir compte de l'interruption, Charlie poursuivit :

— Celle-ci aurait menacé de le tuer ! Elle avait un pistolet à la main !

Sans remarquer que sa sœur était devenue très pâle, Harry secoua la tête.

— Peuh ! Quelle histoire de fous, en effet ! Templeton devait être à moitié ivre.

— Attends, je n'ai pas fini. Sais-tu qui était cette jeune fille, toujours selon les dires de Templeton ?

— L'une des danseuses qui étaient invitées pour tenir compagnie à ces messieurs, je suppose ? fit Harry avec dégoût.

Se souvenant soudain que sa sœur était là, il parut quelque peu gêné. Mais Anthea n'avait attaché aucune attention à ce qu'il venait de dire. Elle attendait la suite des révélations de Charlie avec une terrible angoisse.

— Une danseuse ? Tu n'y es pas.

Le visiteur marqua une pause afin de ménager ses effets.

— Templeton a affirmé qu'il s'agissait... tu es bien assis, Harry ?

— Mais oui !

— Qu'il s'agissait... d'Anthea de Colnbrooke, la sœur de lord de Colnbrooke !

Harry donna un grand coup de poing sur la table avant de s'exclamer d'un ton bien senti :

— Quelle idiotie !

— C'est exactement ce que j'ai pensé lorsque mes amis m'ont raconté l'histoire, dit Charlie. Mais figure-toi que je viens d'apprendre que Templeton a retiré son cheval qui était inscrit au Derby.

— Non !

— Et qu'il a embarqué en fin de matinée à bord d'un bateau en partance pour la France.

Harry crispa les poings.

— Cet immonde individu est donc allé raconter ses mensonges à Paris ?

Il était hors de lui.

— Où qu'il aille, je le suivrai ! s'écria-t-il. Je le provoquerai en duel et je le tuerai ! Mais avant cela, je l'obligerai à rétracter publiquement ses accusations. Ah, mais c'est insensé ! Si ce vil personnage croit qu'il peut se permettre impunément de salir la réputation de ma sœur !

— Incroyable, n'est-ce pas ?

Les deux hommes étaient tellement furieux et stupéfaits qu'ils ne prêtaient plus aucune attention à la jeune fille. Celle-ci en profita pour s'éclipser discrètement.

Au moment où elle fermait la porte, elle entendit son frère déclarer :

— Il faut absolument faire taire cette rumeur ! Sans en entendre davantage, Anthea se mit à courir vers le manoir. Elle n'avait pas réfléchi une seconde, mais elle avait l'intuition que la seule personne capable de comprendre, la seule personne capable de lui venir en aide était le marquis.

Avant de raconter à son frère ce qui s'était passé en réalité, elle voulait le consulter.

« Pourquoi n'ai-je pas mis Harry au courant plus tôt ? » se demanda-t-elle en courant dans l'allée.

Après tout, elle avait lieu d'être fière : n'avait-elle pas sauvé deux fois la vie de Brian d'Eaglescliffe ?

Mais pour raconter ses prouesses à Harry, elle devrait lui avouer que tout avait commencé la nuit où le marquis l'avait emmenée dans sa chambre, l'avait embrassée...

« Je ne peux pas parler de cela ! se dit-elle. Harry sera encore plus furieux. Il est capable de vouloir tuer le marquis, comme il veut tuer lord Templeton ! »

Elle se tordit les mains.

« Mon Dieu, que faire ? »

Quatre à quatre, elle gravit les marches du perron. Le majordome n'était pas dans le hall, et ce fut un valet qui s'inclina respectueusement devant elle.

— Mademoiselle ?

— Il faut que je voie milord immédiatement, lui dit-elle, hors d'haleine.

— M. Haynes est là-haut avec milord. Voulez-vous que je l'appelle ?

— Non, ce n'est pas la peine. Je monte.

La jeune fille se précipita dans l'escalier. Dès qu'elle frappa à la porte, Haynes ouvrit.

— Oh, vous voilà, mademoiselle ! dit-il en souriant. Vous allez avoir une bonne surprise. Votre potion est miraculeuse ! Je vais annoncer votre visite à milord et...

Anthea ne lui laissa pas le temps d'en dire davantage. Elle se précipita vers le lit. Mais celui-ci était vide. Vêtu d'une robe de chambre en velours bleu marine, Brian était assis dans un fauteuil près de la fenêtre.

En voyant la jeune fille, il ferma le livre qu'il avait à la main et se leva.

— Anthea ! dit-il en lui tendant la main. Je suis heureux de vous voir.

— Il est arrivé quelque chose de terrible ! s'écria-t-elle avec désespoir.

Discrètement, Haynes sortit.

La jeune fille s'accrocha à la main du marquis comme à une bouée de secours.

— C'est... c'est lord Templeton.

Il lui pressa les doigts.

— Qu'a-t-il encore fait ?

— Il... il a retiré son cheval du Derby. Et il... il est parti en France...

— Mais c'est très bien !

— Si vous saviez !

— Calmez-vous, Anthea !

— Vous ne vous rendez pas compte ! s'exclama-t-elle d'une voix hachée. Hier soir, au *White's Club*, il a annoncé que vous l'aviez obligé à s'exiler, après l'avoir accusé à tort d'une multitude de forfaits...

— Cela ne m'étonne pas de sa part. Je m'attendais à quelque chose de ce genre.

— Ce... ce n'est pas tout.

Anthea baissa la tête.

— Il a dit aussi que... qu'il m'avait trouvée dans votre chambre et que... que j'avais menacé de le tuer !

— Il a donné votre nom ?

— Oui.

— Comment êtes-vous au courant de tout cela ?

— Charlie Torrington vient d'arriver. Des amis à lui, qui étaient au *White's Club*, lui ont raconté ce qui s'était passé. Il n'a pas perdu une seconde pour venir mettre Harry au courant. Mon frère est furieux. Il veut suivre lord Templeton à l'étranger, l'obliger à se rétracter et... et le tuer !

La jeune fille leva vers le marquis de grands yeux angoissés.

— Que faire ? Mon Dieu, que faire ?

Le visage de Brian était devenu très dur.

— Ce Templeton a toujours été odieux ! Mais cette fois, il a dépassé les bornes.

— Je me moque complètement des ragots que l'on peut faire à mon sujet, assura Anthea.

— Comment pouvez-vous dire une chose pareille ?

— Cela m'est indifférent, je vous assure, pour la bonne raison que je n'aurai jamais l'occasion d'aller à Londres. Mais il faut que Harry sache ce qui s'est passé. Or je ne sais comment le mettre au courant.

Elle baissa la tête avec confusion avant d'ajouter :

— Car il faudrait lui avouer que je suis allée dans votre chambre le premier soir.

Le marquis demeurait silencieux.

— Aidez-moi, je vous en supplie ! reprit-elle. Je sais bien que cette histoire ne représente rien pour vous. Mais pour moi, c'est terriblement important. Harry est la seule personne que j'aie au monde. S'il me méprisait, s'il ne voulait plus me voir, je... je ne pourrais pas le supporter.

Soudain, elle éclata en sanglots.

— Je vous en supplie, ne pleurez pas, Anthea.

— Je ne vois pas de solution, murmura-t-elle en s'essuyant les yeux.

— Vous avez eu raison de venir me trouver. Qu'avez-vous dit à Harry et à Torrington avant de les quitter ?

— Rien. Je suis partie sans qu'ils s'en aperçoivent et j'ai couru comme une folle jusqu'ici.

— Vous avez bien fait. Et maintenant, il ne nous reste plus qu'à trouver le moyen de mettre votre frère au courant.

— Il est furieux. Mais je crains qu'il ne le soit encore plus s'il apprend que je vous ai rencontré sans qu'il le sache... et que je suis allée dans votre chambre.

— Il ignore que nous avons déjà eu l'occasion de nous voir ?

— Il sait seulement que vous avez fait quelques compliments à... à Mlle Meldosio après le spectacle.

— C'est tout ? s'exclama Brian avec incrédulité.

— Il est loin de se douter que j'ai ensuite joué dans le salon de musique jusqu'à une heure avancée de la nuit. Quand je suis rentrée à la maison, il était très tard. Harry dormait et j'ai fait promettre à Nanny de ne rien lui dire.

Le marquis hocha la tête.

— Je me rends compte que la situation est encore beaucoup plus compliquée que je ne le pensais.

Il réfléchit pendant quelques secondes avant de poursuivre :

— Mieux vaut mettre l'accent sur le fait que vous m'avez sauvé la vie. Nous ne sommes pas obligés de raconter *tous* les détails à votre frère.

— Il ne faut surtout pas lui dire que... que vous m'avez embrassée ! fit la jeune fille en rougissant.

— Mais non, bien entendu. Cela ne concerne que vous et moi, Anthea.

Il sourit.

— Ne vous inquiétez pas, je vais arranger l'affaire.

— Vraiment ? demanda-t-elle avec espoir.

— Ce sera un bien mince service en comparaison de ceux que vous m'avez rendus.

— Comment allez-vous vous y prendre ?

— Laissez-moi m'occuper de tout. Je crois que cela vaut mieux, car je n'ai pas l'impression que vous sachiez très bien mentir, Anthea !

Elle parut confuse.

— Pas très bien... avoua-t-elle.

— Je vais prier votre frère de venir me trouver d'urgence, ainsi que Charlie Torrington.

Sans perdre une seconde, il sonna son valet et le pria d'envoyer quelqu'un chercher immédiatement « M. Dalton » et le commandant Torrington.

Après le départ de Haynes, il déclara :

— Je leur expliquerai combien vous avez été courageuse, et combien je vous suis reconnaissant.

— Harry va être fou de rage !

— Pas si je lui présente les choses à ma façon.

Sur ces mots, Brian prit un mouchoir plié et essuya les joues de la jeune fille dans un geste si naturel qu'elle ne songea même pas à protester.

— En attendant, allez vous installer dans le boudoir et mettez-vous au piano. Cela devrait vous aider à retrouver votre calme.

Il lui sourit.

— Tout va s'arranger. Faites-moi confiance !

7

Anthea s'assit devant le piano et se mit à jouer. Le marquis avait raison : grâce à la musique, elle réussit à se calmer. Peu à peu, son pouls se mit à battre à un rythme plus normal, tandis que sa respiration redevenait tranquille.

Elle s'interrompit en entendant Harry et Charlie Torrington faire leur entrée dans la pièce voisine. Et l'anxiété la terrassa de nouveau. Qu'allait-il se passer maintenant ?

— Demandez à Mlle de Colnbrooke de nous rejoindre, dit le marquis à Haynes.

— Tout de suite, milord.

Très mal à l'aise, la jeune fille suivit le valet dans la chambre de Brian d'Eaglescliffe.

— Tu es là, toi ? s'écria Harry.

Elle ne répondit pas. Elle n'osait même pas regarder son frère, qu'elle sentait prêt à exploser.

Ce fut le cœur battant et en proie à une terrible anxiété qu'elle prit place sur le siège que lui avançait Haynes.

— Si je vous ai demandé de venir, Colnbrooke... commença le marquis.

Harry se raidit.

— Vous savez qui je suis ?

— Oui.

— Comment avez-vous...

— Je l'avais deviné depuis déjà un certain temps, coupa Brian d'Eaglescliffe. Mais pour ne pas vous embarrasser, je ne vous ai rien dit.

Comme assommé par cette révélation, Harry parut se tasser sur lui-même.

— Donc, si je vous ai demandé de venir, reprit le marquis, c'est parce que j'estime que vous devez être mis au courant des actes de bravoure de votre sœur.

— Anthea ? grommela Harry. Des actes de bravoure ?

— Sachez que, sans Mlle de Colnbrooke, je ne serais plus de ce monde aujourd'hui.

— Quoi ?

— Elle m'a sauvé la vie !

Harry secoua la tête.

— Ce n'est pas possible !

— Sachez que lorsque la soi-disant Mlle Meldosio est venue jouer pour mes hôtes au château, elle a, par le plus grand des hasards, entendu quelqu'un décider avec le plus grand sang-froid de m'assassiner.

Harry fronça les sourcils.

— Qui ?

— Lord Templeton.

— Templeton ! répéta Charlie en hochant la tête d'un air entendu.

Le marquis poursuivit son récit :

— Il a remis à une certaine Milly un stylet qu'elle était censée me planter dans le cœur pendant la nuit.

— Seigneur ! s'écria Charlie.

Brian d'Eaglescliffe se tourna vers Harry.

— Votre sœur est donc venue m'informer de la conversation qu'elle avait surprise, lui dit-il. J'avoue avoir eu peine à la croire, même si je savais Templeton très endetté. Pour lui, la seule manière de surmonter ses problèmes était de s'arranger pour gagner le Derby. Mais il fallait pour cela que mon cheval n'y participe pas – ce qui aurait été le cas si je n'avais plus été de ce monde.

— Incroyable, fit Charlie entre ses dents.

— Me voyant fort sceptique, Mlle de Colnbrooke a insisté. Je lui ai promis de m'enfermer dans ma chambre et d'en verrouiller toutes les issues. Je dois reconnaître qu'elle avait raison : quelqu'un a bien essayé d'entrer pendant la nuit !

— Incroyable, murmura Harry à son tour.

Il adressa un coup d'œil accusateur à Anthea, qui baissait toujours la tête.

— Pourquoi ne m'as-tu rien dit de tout cela ?

Le marquis répondit à la place de la jeune fille :

— Elle l'aurait certainement fait si je ne lui avais pas fait promettre de garder le secret. Je préférais – et je suis sûr que vous me comprendrez – que cette histoire ne s'ébruite pas.

— Ce n'est certainement pas moi qui serais allé la raconter à tout le monde, grommela Harry.

— Pour remercier celle que je prenais toujours pour Mlle Meldosio, j'ai donc décidé de lui offrir un piano.

— En prétendant que vous en aviez trop ! s'exclama Harry dont la colère décupla.

Il semblait furieux d'avoir été tenu dans l'ignorance.

— J'ai ensuite été frappé par cette grippe d'une rare violence, reprit le marquis. À Londres, plusieurs personnes que je connais l'ont eue. Je suppose que c'est là que je l'ai attrapée.

— Au fait ! grommela Harry. Au fait !

— J'étais à moitié conscient quand le Dr Groves m'a appris que, pour faire baisser la fièvre, la potion que confectionnait la défunte lady de Colnbrooke valait tous les médicaments du monde et qu'il allait demander à sa fille de m'en apporter.

— C'est ainsi que vous avez su qui elle était !

Brian ne le détrompa pas.

— De plus, comme je vous l'ai déjà dit, j'avais quelques doutes quant à l'identité de mon régisseur... dit-il en souriant. Mais revenons-en à mon histoire. En apportant la potion à mon valet, votre sœur a remarqué une superbe voiture devant le perron. Elle a demandé aux domestiques qui était l'heureux propriétaire d'un pareil attelage et quand elle a appris qu'il s'agissait de lord Templeton, elle a immédiatement su que ma vie était de nouveau en danger.

— Quelle histoire! s'écria Charlie. Je n'en reviens pas!

— Sans perdre une seconde, votre sœur a couru s'emparer de l'un des pistolets de duel qui se trouvent sur une crédence de la bibliothèque, puis elle s'est précipitée dans ma chambre en empruntant des passages secrets.

D'un ton plein de reproche, il ajouta:

— Passages secrets dont j'ignorais totalement l'existence!

Il y eut un silence. Pour la première fois, Harry parut quelque peu gêné. Car il aurait dû montrer tout cela au nouveau propriétaire du manoir!

Le marquis poursuivit son récit:

— Je dormais, terrassé par la fièvre, quand votre sœur est arrivée juste au moment où Templeton s'apprêtait à m'étouffer sous un oreiller!

Harry rejeta ses cheveux en arrière dans un geste égaré.

— Ce n'est pas possible!

— Hélas, si! Tout s'est passé exactement comme je vous le raconte. Avec un courage exceptionnel, votre sœur a braqué son arme sur Templeton en menaçant de le tuer s'il ne me lâchait pas immédiatement. Ce revolver n'était pas chargé, elle devait s'en douter. Mais comment Templeton aurait-il pu le savoir? Juste à ce moment-là, mon valet est arrivé avec le flacon de potion que Mlle de Colnbrooke avait laissé dans la bibliothèque.

— J'ai l'impression de lire un roman d'aventures, fit Charlie.

— Hélas, il ne s'agit pas d'un roman! Tout ce remue-ménage m'a réveillé. J'étais très affaibli par la fièvre, mais j'ai quand même réussi à repousser l'oreiller qui était sur mon visage. J'ai alors accusé Templeton d'en être à sa seconde tentative d'assassinat. Je lui ai dit que s'il ne quittait pas le pays dans les vingt-quatre heures, je n'hésiterais pas à le dénoncer à la police.

Médusé, Harry hocha la tête.

— C'est donc ainsi que les choses se sont passées!

— Exactement. Sur l'instant, Templeton a voulu prendre l'affaire de haut. Il a déclaré que personne ne prendrait une telle dénonciation au sérieux. Je lui ai répondu que j'avais deux témoins. Il s'est alors mis à ricaner. « Le témoignage d'un valet et d'une fille des rues contre le mien? Vous plaisantez! Aucun magistrat sensé n'acceptera d'en tenir compte. »

Harry crispa les poings.

— Une... une...

Le marquis ne le laissa pas en dire davantage.

— C'est alors que votre sœur lui a appris qui elle était. Il n'en a pas fallu davantage pour qu'il comprenne qu'il avait perdu la partie et qu'il ne lui restait plus qu'à disparaître.

Charlie secoua la tête.

— Comment Templeton a-t-il pu en venir là? Serait-il devenu fou?

— C'est ce que je pense. Il était aux abois et a plus ou moins perdu la tête.

Brian se tourna vers Harry.

— Mais si je suis toujours en vie aujourd'hui, c'est bien grâce à la présence d'esprit de votre sœur, dit-il avec chaleur.

— Soit! Mais cela lui a coûté sa réputation, rétorqua Harry avec amertume. Je vais poursuivre Templeton, je le retrouverai, où qu'il soit! Je le provoquerai en duel et je le tuerai!

— Vous auriez bien tort, déclara le marquis. Car ce serait vous qui vous retrouveriez alors en prison. Je vais m'arranger pour que Templeton ne revienne jamais en Angleterre.

— Comment est-ce possible?

— Tout simplement en prévenant les magistrats afin qu'il soit arrêté s'il tente de franchir nos frontières. Par ailleurs, je vais m'arranger pour que la réputation de votre sœur n'ait pas à souffrir de ces regrettables incidents auxquels elle s'est trouvée mêlée par le plus grand des hasards.

— Comment allez-vous vous y prendre, s'il vous plaît?

— J'ai déjà une idée. Je vous en ferai part plus tard.

Le marquis ferma les yeux.

— Mais pour le moment, laissez-moi me reposer. L'effort que je viens de fournir pour vous expliquer tout cela m'a épuisé. Même si je n'ai presque plus de fièvre, je me rends compte que je ne suis pas encore remis.

Anthea se leva d'un bond.

— Il faut que vous vous reposiez pendant encore au moins quarante-huit heures! Vous devriez être au lit. Jamais vous n'auriez dû rester debout aussi longtemps.

Elle se tourna vers son frère et Charlie.

— Ne le fatiguons pas davantage. Venez!

Harry hésita. Mais en voyant les traits tirés du marquis, il admit que sa sœur avait raison.

— Je vous remercie de m'avoir expliqué tout cela, dit-il. J'espère que vous allez trouver rapidement une solution afin que la réputation de ma sœur ne soit pas trop ternie.

Comme Brian ne répondait pas, Harry soupira avant d'ajouter à mi-voix, comme pour lui-même :

— Ce qui semble malheureusement être le cas pour le moment !

Anthea aurait bien voulu rester auprès du marquis. Mais sachant que jamais son frère ne l'aurait accepté, elle sortit de la chambre, suivie par les deux amis.

Perdus dans leurs pensées, ils regagnèrent tous les trois en silence la maison des douairières. Ce fut seulement en y arrivant que Charlie s'exclama :

— Je me demande si je ne rêve pas ! Je disais tout à l'heure que j'avais l'impression de vivre un roman d'aventures. Cependant, si j'avais lu cette histoire dans un livre, j'aurais assuré qu'elle était invraisemblable !

Harry ne répondit pas. Mais son visage était toujours très sombre.

— Ne sois pas fâché, lui dit Anthea. Comment aurais-je pu agir autrement ?

— Tu aurais dû me mettre au courant, déclara-t-il d'un ton dur. J'aurais certainement trouvé un moyen de sauver Eaglescliffe sans que tu sois impliquée.

— Réfléchis ! Je n'avais pas le temps matériel d'aller te trouver. Il fallait agir très vite.

— Je le suppose... admit-il à regret. Mais après, tu aurais dû tout me raconter.

— Le marquis m'avait fait promettre de garder le secret.

— Tu aurais pu me confier ce secret... sous le sceau du secret, insista Harry.

Anthea parut choquée.

— Tu sais bien que je ne ferais jamais une chose pareille !

— Admets que ta sœur s'est comportée avec beaucoup de courage et de présence d'esprit, Harry, fit Charlie, venant au secours de la jeune fille.

Avec un sourire ironique, il ajouta :

— Par ailleurs, n'oublie pas que si Eaglescliffe était mort, tu te retrouverais maintenant sans travail.

Harry, qui n'avait pas pensé une seule seconde à cet aspect des choses, haussa les épaules.

— Tu crois que je fais passer mon emploi avant la réputation de ma sœur ?

— Eaglescliffe a promis de trouver une solution.

— Nous verrons cela.

Sans beaucoup d'enthousiasme, il reconnut :

— Il faut dire que c'était intelligent de la part d'Anthea d'utiliser le passage secret.

Une fois arrivés à la maison des douairières, les deux amis allèrent s'installer au salon. Quant à Anthea, elle courut se réfugier dans sa chambre. Elle se jeta sur son lit et se mit à sangloter désespérément.

Pourquoi pleurait-elle ? Elle aurait été incapable de le dire. Peut-être parce que la tension de ces derniers jours avait été trop forte ? Peut-être parce que la réaction de son frère la rendait malheureuse ? Elle avait agi pour le mieux, étant donné les circonstances, et c'était honteux de la part de lord Templeton de s'abaisser à faire des ragots aussi sordides sur son compte... Comment avait-il osé raconter qu'elle était dans la chambre du marquis ? Aucun gentleman digne de ce nom ne se serait conduit ainsi.

« Heureusement que ma mère n'est plus de ce monde, se dit-elle soudain. Tout cela l'aurait rendue bien malheureuse. Et ce qui me rend malheureuse, moi, c'est de savoir qu'une fois remis, le marquis retournera à Londres et... et que je n'aurai pratiquement plus jamais l'occasion de le revoir. »

À cette pensée, ses sanglots redoublèrent.

Le lendemain, qui était le jour du Derby, la jeune fille descendit de bonne heure. Elle pensait trouver son frère et Charlie en train de prendre leur petit déjeuner et s'étonna de ne voir personne dans la salle à manger.

— Que se passe-t-il, Nanny? Ils sont déjà sortis ou bien ils ne sont pas encore descendus?

— Ah! Mademoiselle Anthea! Quelle excitation! Si vous aviez vu cela! Figurez-vous qu'il faisait à peine jour quand un valet est arrivé.

Anthea porta la main à son cœur.

— Mon Dieu! Milord va plus mal!

— Pas du tout. Mais comme il n'est pas encore tout à fait remis, il a décidé qu'il ne serait pas prudent pour lui d'assister au Derby.

— C'est certain.

— Il a donc demandé que M. Harry et le commandant Torrington y aillent à sa place.

— Est-ce possible? s'écria Anthea. Représenter le marquis d'Eaglescliffe au Derby? Ils devaient être ravis!

— Vous pensez! D'autant plus que milord a mis à leur disposition l'un de ses phaétons. Si vous aviez vu M. Harry sauter de joie! On aurait cru un petit garçon auquel on vient d'offrir un nouveau cheval de bois!

Un peu plus tard, tout en décapitant délicatement l'œuf à la coque que Nanny venait de poser devant elle, la jeune fille se dit que Brian d'Eaglescliffe ne manquait pas de psychologie. Cette diversion dans l'emploi du temps de Harry allait atténuer sa colère et l'empêcher de trop penser aux révélations intempestives faites par lord Templeton au *White's Club*.

Après avoir fait une courte promenade à cheval, elle troqua sa vieille amazone contre une robe en cotonnade bleu pâle dont le décolleté était orné de croquet blanc. Puis elle se mit au piano.

Elle était en train de jouer une sonate de Haydn quand la porte s'ouvrit. En voyant le marquis faire son entrée, le cœur de la jeune fille manqua un battement.

Dans son costume d'équitation à la coupe parfaite, avec ses cheveux légèrement ébouriffés et ses bottes étincelantes, Brian d'Eaglescliffe paraissait plus beau, plus séduisant que jamais.

Anthea se leva.

— Vous... vous n'auriez pas dû sortir si tôt, balbutia-t-elle.

Et, avec inquiétude :

— Comment vous sentez-vous ?

— Très bien, grâce à vos soins. Vous savez que votre frère et Charlie Torrington sont allés assister au Derby ?

— Oui. J'ai appris cela, en effet.

— De cette manière, nous allons pouvoir parler tranquillement sans risquer d'être dérangés.

Anthea esquissa un petit sourire.

— Je crois plutôt que vous avez trouvé ce moyen pour obliger Harry à penser à autre chose. Je suis sûre que pendant qu'il mènera l'attelage que vous avez eu la gentillesse de mettre à sa disposition, il ne pensera pas à tuer lord Templeton. Et il n'y pensera pas davantage lorsqu'il aura l'honneur de vous représenter au Derby.

Elle fronça ses sourcils à l'arc parfait avant d'ajouter :

— Je sais qu'il a été bouleversé par les révélations de lord Templeton.

Avec un petit geste indifférent, elle poursuivit.

— Je le suis beaucoup moins. Comme je vous l'ai déjà dit, ce que les gens peuvent raconter à mon sujet dans la capitale m'est complètement égal.

— Ne dites pas de choses pareilles, Anthea !

— Je suis sincère. Les commérages me laissent froide. De toute manière, je ne suis jamais allée à Londres et je n'irai probablement jamais.
— Oh, si, vous irez à Londres, Anthea !
— Moi ?
— Vous, oui.
— Cela m'étonnerait !
— Vous irez à Londres si vous acceptez de devenir ma femme.

La stupeur de la jeune fille était telle que, sur l'instant, elle ne trouva rien à répondre. Puis ses grands yeux d'azur parurent s'agrandir encore.
— Serait-ce... une demande en mariage ?
— C'est une demande en mariage, Anthea. Et ainsi, plus personne n'aura l'idée de trouver choquantes les accusations de Templeton. D'ailleurs, j'ai l'intention de tout expliquer aux membres du *White's Club*. Ils ne pourront qu'admirer votre courage et votre présence d'esprit. Dans cette histoire, le seul à blâmer est Templeton.

La jeune fille se détourna.
— Je ne veux pas vous épouser, s'entendit-elle déclarer d'une voix blanche.
— Pourquoi ?
— Parce que je ne peux pas accepter un tel sacrifice. Il n'y a aucune raison pour que vous vous sentiez des obligations pareilles à mon égard.
— Regardez-moi, Anthea !

C'était un ordre auquel elle ne pouvait pas se dérober. En soupirant, elle leva vers lui son joli visage anxieux. Sa lèvre inférieure tremblait et elle semblait sur le point d'éclater en sanglots.
— Je sais exactement ce que vous pensez, dit Brian.
Avec un sourire, il ajouta :
— Maintenant, je vais tenter de vous faire comprendre ce que je ressens.

Il désigna un fauteuil.

— Asseyez-vous.

Elle obéit. Et ce fut avec stupeur qu'elle le vit s'asseoir au piano.

— Je vais tout vous dire en musique, déclara-t-il. L'histoire débute quand j'étais un petit garçon de huit ans.

Ses doigts commencèrent à courir sur le clavier. Les yeux clos, Anthea écoutait de tout son cœur, de toute son âme... Sans peine, elle suivit l'histoire que lui racontait le marquis.

Elle se représenta d'abord le petit garçon heureux de vivre. Puis l'adolescent sûr de lui, plein d'espoir et de vitalité. Et le très jeune homme amoureux d'une jolie femme qui lui semblait aussi inaccessible qu'une étoile. Une femme pour laquelle il composait de la musique, il écrivait des poèmes...

Soudain, le rythme changea. Anthea eut l'impression qu'un nuage sombre obscurcissait tout. La femme que le jeune Brian adorait s'était moquée de lui. Avec ses amis, elle avait fait des gorges chaudes au sujet de sa musique et de ses vers. Il avait alors sombré dans le désespoir. Il s'était senti ridiculisé, humilié.

Mais son orgueil avait pris le dessus. Il s'était juré, alors, de traiter les femmes avec cynisme et de ne plus jamais s'intéresser sérieusement à elles.

Les années passèrent. Le marquis avait réussi à se forger une armure sur laquelle tout le monde se heurtait. Il était devenu l'homme le plus amer, le plus dur et le plus cynique du monde. Celui qu'Anthea avait vu assis à la table de la salle à manger, le soir de la fête au manoir.

De nouveau, le rythme changea. C'était un peu comme si le petit garçon ravi de vivre au milieu des fleurs et des animaux refaisait surface. Comme si elle lisait dans un livre ouvert, elle devina ce qu'il tentait de lui expliquer.

Grâce à elle, il avait retrouvé foi en l'existence. Grâce à elle, il était heureux.

Le marquis abandonna le clavier et se leva. Elle en fit autant. Et l'instant d'après, ils étaient dans les bras l'un de l'autre, tandis que leurs lèvres se rencontraient dans le plus doux des baisers.

Anthea sut enfin pourquoi elle pleurait tant la veille. C'était cela que, inconsciemment, elle souhaitait, tout en s'imaginant qu'il n'y avait aucun espoir.

Les yeux clos, elle répondait aux baisers de Brian avec une délicieuse inexpérience.

Ses lèvres contre les siennes, il murmura :

— Mon amour... Vous avez donc compris tout ce que j'ai essayé de vous dire ?

— Vous êtes extraordinaire ! Comment pouvez-vous faire passer tant de choses dans votre musique ? Vous êtes un merveilleux pianiste !

— D'ordinaire, je joue pour moi seul.

— Pourquoi ?

— Parce que, jusqu'à ce que je vous rencontre, j'étais persuadé que personne ne serait capable de deviner ce que je tentais d'exprimer. Mais quand je vous ai entendue, j'ai su qu'il y avait au monde un être semblable à moi-même.

Il resserra son étreinte.

— Nous sommes faits l'un pour l'autre, mon amour ! Vous êtes celle que j'ai cherchée en vain depuis des années. Celle qui, j'en étais persuadé, n'existait que dans mes rêves.

— Dans vos rêves... répéta-t-elle d'une voix à peine audible. Mais c'est moi qui rêve, en ce moment !

— Tout est bien réel, pourtant, mon amour ! Nous allons nous marier dans les plus brefs délais. Pour que les infâmes accusations de Templeton meurent d'elles-mêmes. Pour que Harry oublie ses envies de meurtre. Et parce que je vous aime !

D'une voix vibrante, il poursuivit :

— Je vous aime comme je n'ai jamais aimé une autre femme. Et je vous aimerai toute ma vie !

Dans un geste plein d'abandon, Anthea nicha sa tête au creux de l'épaule du marquis.

— Moi aussi, je vous aime, avoua-t-elle dans un souffle.

— Acceptez-vous de m'épouser ?

Lorsqu'elle baissa les yeux, ses longs cils ombrèrent ses joues veloutées.

Brian dut répéter sa question pour qu'elle réponde enfin très bas :

— Oui... Je vous aime et je n'ai pas de plus cher désir que celui de devenir votre femme.

Le marquis laissa échapper un soupir de soulagement.

— Je craignais que vous ne disiez « non » encore une fois. Et je me demandais comment parvenir à vous décider.

— Je... je disais « non » parce que je pensais que vous agissiez seulement par devoir.

Il l'étreignit follement.

— Par devoir ? Oh, non, par amour !

Il releva la tête et la contempla avec ferveur.

— Mon adorée...

Dans le visage rosi d'Anthea, ses yeux étincelaient de mille étoiles.

— Je suis si heureuse, murmura-t-elle.

— Et moi donc !

Il caressa les cheveux de la jeune fille avec une infinie douceur.

— Nous irons en voyage de noces... où vous voudrez !

Elle le regarda avec stupeur.

— Où... où je voudrai ?

— Mais oui. Avez-vous une idée ?

Elle n'hésita pas.

— J'ai toujours souhaité voir la Grèce. Mais je pensais que ce souhait resterait du domaine de l'impossible.

— Pas du tout, il sera réalisé dans très peu de temps. Nous partirons à bord de mon yacht pour la plus belle, la plus tendre des croisières.

Anthea était tellement stupéfaite qu'elle ne trouva rien à répondre. Quoi ? Elle allait devenir la femme du marquis ? Elle allait partir avec lui en Grèce ?

— Ce n'est pas possible... murmura-t-elle. Je rêve ! Oui, je dois rêver, c'est cela. Je vais me réveiller et découvrir que rien n'a changé...

Le marquis lui effleura les lèvres d'un baiser.

— Non, vous ne rêvez pas, mon amour.

Son expression changea.

— J'espère que cela ne vous ennuiera pas trop. Mais nous serons obligés de passer la plus grande partie de notre temps au château d'Eaglescliffe. Et pendant la saison, nous serons à Londres, bien entendu.

— J'irai où vous le voudrez.

Avec une confiance totale, elle ajouta :

— Je suis prête à vous suivre partout. Jusqu'au bout du monde s'il le faut !

Il sourit.

— Si vous aimez les voyages, peut-être irons-nous ensemble jusqu'au bout du monde.

Anthea se sentit soudain un peu triste.

— Nous ne viendrons plus jamais au manoir de la Reine ?

— Si. Mais j'ai eu une idée à ce sujet. Si nous demandions à Harry de retourner y vivre pour s'en occuper ? Et quand il se mariera, nous pourrions lui offrir le manoir en cadeau de noces.

La jeune fille était tellement médusée qu'elle ne trouva rien à répondre. Enfin, elle retrouva sa voix et balbutia :

— Vous… vous êtes gentil ! Si gentil !

Le marquis eut un rire sarcastique.

— Gentil, moi ? On ne me l'a pas dit souvent !

Il prit la main d'Anthea et l'entraîna vers le piano. Après avoir placé une chaise à côté du tabouret, il s'assit à côté d'elle.

— Nous jouons ensemble ?

Ils n'avaient bien entendu rien préparé. Et pourtant, ce fut la même musique qui naquit sous leurs doigts. À quatre mains, ils jouaient un hymne superbe, un hymne triomphant.

Un hymne à l'amour.

Au bonheur.

Barbara Cartland

Découvrez sans plus attendre les autres romans de Barbara Cartland, la reine incontestée du roman sentimental.
Voici la liste de ses romans actuellement disponibles.

Escapade en Bavière
N° 931
Les feux de l'amour
N° 944
C'est lui le désir de mon coeur
N° 953
Impétueuse duchesse
N° 1023
Cœur captif
N° 1062
Sous le charme gitan
N° 1120
Le cavalier masqué
N° 1238
Le baiser du diable
N° 1250
L'air de Copenhague
N° 1335
La déesse et la danseuse
N° 1581
L'enchanteresse
N° 1627
La princesse en péril
N° 1762
Rencontre dans la nuit
N° 1807
L'amour à la barre
N° 1870
Pour l'amour d'un roi
N° 1913
Un mari chevaleresque
N° 2114
L'amour retrouvé
N° 2130
Le sable brûlant d'Hawaï
N° 2188
Dans les bras de l'amour
N° 2465
La princesse des Balkans
N° 2856
Le carrousel de l'amour
N° 3089

Quand vient l'amour
N° 3237
L'amour n'a pas de loi
N° 3420
Livrez-moi votre coeur
N° 3421
Un coeur qui chante
N° 3433
La princesse endormie
N° 3434
Le lac de l'amour
N° 4847
Symphonie berlinoise
N° 4877
La fugitive de l'amour
N° 5073
Les trésors de l'amour
N° 5100
L'amour pour seule richesse
N° 5164
La passagère de l'amour
N° 5165
Le vœu d'Alicia
N° 5187
L'amour ou la fortune
N° 5210
Et si ce n'était qu'un rêve ?
N° 5229
Le magicien de l'amour
N° 5261
Une épouse à tout prix
N° 5831
Les manigances de Georgina
N° 5832
En route vers l'amour
N° 5851
L'amour sinon rien
N° 5872
Le trésor caché
N° 5873
Le duc qui haïssait les femmes
N° 5980

Un héritage embarrassant
N° 5988

Pour l'amour d'un prince
N° 5989

Sous le charme d'une inconnue
N° 5999

L'arme secrète de Lucinda
N° 6015

Ballade en Égypte
N° 6025

Musique au cœur
N° 6026

La croisière de l'amour
N° 6030

L'appel de l'amour
N° 6083

La revanche du vicomte
N° 6107

Après tant d'obstacles... l'amour
N° 6168

L'amour à portée de main
N° 6169

Un paradis pour Wanda
N° 6289

L'amour n'avait pas de nom
N° 6352

Pour l'amour de l'Écosse
N° 6353

Princesse de mon cœur
N° 6374

Le brigand et l'amour
N° 6386

À la recherche de l'amour
N° 6434

Selina et le marquis
N° 6491

Un amour miraculeux
N° 6507

À jamais conquise
N° 6508

L'amour résoud tout
N° 6514

Sous le ciel d'Écosse
N° 6515

Escapade en Grèce
N° 6516

Un cœur au paradis
N° 6538

Tout est bien qui finit bien
N° 6539

Le manoir du bonheur
N° 6546

Tendre duo
N° 6547

Le vaisseau de l'amour
N° 6570

Le pays magique de l'amour
N° 6571

Le cœur a ses secrets
N° 6572

Dans les bras de mon ennemi
N° 6580

Le choix de l'amour
N° 6606

L'étoile de l'amour
N° 6607

L'amour masqué
N° 6676

Une ravissante gouvernante
N° 6677

Écoute ce que dit ton cœur
N° 6817

Le duc et la fille du pasteur
N° 6839

Magie ou mirage ?
N° 6848

À paraître en mars 2004

L'héritage de Dana
N° 6903

Croisière de Constantinople
N° 6904

---

2 romans pour 4,50 euros seulement

Ah, l'adorable menteuse !, *suivi de* : La sérénité d'un amour
N° 5498

Un amour au clair de lune, *suivi de* : Fortuna et son démon
N° 5878

Le portrait de l'amour, *suivi de* : De l'enfer au paradis
N° 5880

L'irrésistible charme d'Helga, *suivi de* : Le secret de l'Écossais
N° 5979

Une épouse particulière, *suivi de* : Le sortilège des Antilles
N° 5990

6817

Composition Chesteroc Ltd
Achevé d'imprimer en France (Manchecourt)
par Maury-Eurolivres
le 23 janvier 2004
Dépôt légal janvier 2004. ISBN 2-290-33583-5

Éditions J'ai lu
84, rue de Grenelle, 75007 Paris
Diffusion France et étranger : Flammarion